MW00933933

LATIKA

Literatura para las infancias

LATIKA

Literatura para las infancias

Compiladora:
Marisol Vera Guerra

Autores invitados:
Ethel Krauze, Marcos Rodríguez Leija y Silvia Favaretto

Autores de la colección:
Betty Solís . Carmelita Benítez Flores . Rafael Cárdenas Aldrete . Anne Luengas
Luisa Govela . Dolores Gloria . Aide Mata . Elena Villarreal . Tere Acosta . Mariena Padilla
Jazmín García Vázquez . Ángeles Nava . Edgard Cardoza Bravo . Carmen Campuzano
Piedad Esther González . Dianais García Reyes . Verónica Olvera Rivas
Mario Alberto Solís Martínez . Marisol Flores . Nohemí Yesenia Zúñiga
Sally Ruiz y Ruiz . Paulina Ramos . Nadia Contreras . Carlos Acosta

Título original de la obra: *LATIKA Literatura para las infancias*
Volumen 1

Coordinación del proyecto y cuidado editorial: Marisol Vera Guerra
Comité editorial: Luisa Villa Meriño y Héctor Daniel Martínez
Revisión de pruebas para imprenta: Donnovan Yerena

ediciones.morgana@yahoo.com
Primera edición: junio de 2023

Agradecimientos

A la poeta, editora y ajedrecista Adriana Tafoya, de Ciudad de México, por su colaboración en la selección de la obra poética.

A la poeta, artista visual y *performer* caribe, Luisa Villa Meriño, y al novelista regiomontano Héctor Daniel Martínez, por el apoyo en la selección y curación de los textos en la categoría de cuento.

Apuntes de una mamá editora

Este libro que tienes en tus manos es la respuesta a una pregunta que me hizo mi hija Latika hace tres años, cuando estaba aprendiendo a leer: «¿por qué el nombre de Morgana está en muchos libros y el mío no?».

Mi hija estaba viviendo, a pequeña escala, ese momento maravilloso y privilegiado en la historia de la humanidad en que los signos alineados sobre un pliego toman significado, de pronto, y hablan. Ella, sin saberlo, representaba para mí, en ese instante, todo el proceso evolutivo de la mente humana, capaz de simbolizar la realidad a través de la palabra, y la culminación de la escritura como la cosa más fabulosa que hemos creado para resguardar nuestra memoria –desde las tablillas de barro hasta las pantallas digitales.

Los libros, de varios tamaños y colores, en mis libreros, habían sido –desde que ella y sus hermanos eran pequeños– objetos cotidianos. Y ella siempre había sospechado que ocultaban algún tesoro por el que eran tan importantes para mamá.

Latika, al igual que mis otr@s hij@s, es *homeschooler*, por lo que aprendió a leer en casa, bajo la guía de la abuela materna, a la que visitamos cada Navidad.

Te cuento que, cuando yo era chiquita, veía a mi mamá como un diccionario viviente de gramática española: no había cosa que le preguntara sobre las palabras, sus raíces y sus conjugaciones, que no se supiera. Hasta ya bien entrada mi adultez, solía consultarla con la misma frecuencia que a la RAE.

Pues sí, también fui niña. Mi juego favorito era hacer libros, aunque entonces yo creía que iba a ser astrofísica. Fabriqué mi primer libro en la mesa de mi casa, con una servilleta de papel, mientras los adultos comían; comencé a doblarla y a cortarla con unas tijeras, y enseguida escribí un "manual para enseñar a los niños a hacer sus propios libros", que incluía mis ilustraciones de la tijera. O sea, un libro que hablaba sobre sí mismo.

Morgana, además de ser el nombre de un hada en la mitología artúrica, es el nombre de mi segunda hija, que nació en 2014, el mismo año en el que me inscribí al Padrón Nacional de Editores y apareció, oficialmente, Ediciones Morgana. De ahí que su nombre «estuviera en muchos libros».

Inicié este proyecto porque amo los libros. Y amo a los gatos, por eso en el sello está la silueta de una gatita, simbolizando a mi compañera felina que falleció hace 12 años. Actualmente, nuestra gata Tsáptsam (en tének, "abeja") hace de modelo para la *fanpage*.

Y la respuesta a mi hija Latika ante aquella pregunta fue: «Eso tiene solución. Crearemos una colección de libros para niñas y niños como tú». Así, en diciembre de 2020, lanzamos la convocatoria para recibir cuento breve y poesía dirigidos a las infancias, sin restricción por nacionalidad o residencia.

Este primer volumen cuenta con tres autores invitados: de México, Ethel Kauze –quien generosamente nos comparte algunos de sus poemas y el primer capítulo de una hermosa novela sobre un oso viajero: *Una historia de peluche*–, y Marcos Rodríguez Leija, que participa con poemas y ficciones breves; de Italia, Silvia Favaretto, que nos obsequia "La sirena feíta, la historia que no nos quieren contar". Además, los textos de los 24 autores seleccionados bajo convocatoria.

Como además de hacer libros, me gusta dibujar, ilustré esta edición; Silvia, por su parte, ilustra su propio cuento. Incluyo, también, un pequeño poema que nació en los años en que Latika no se dejaba peinar.

Y el libro resultante es éste que, espero, disfrutes tanto como nosotros.

Marisol Vera Guerra, Directora Editorial,
Monterrey, México, mayo de 2023.

Poema para peinar a las niñas

Marisol y Latika

Una princesa de cabellos negros
vivió en el bosque hace tiempo...
y su madre con el peine en la mano
la seguía por todo el reino.

¡Zum zum, cabellera al vuelo,
iba la princesa huyendo!

—¿Por qué no quieres peinar tu pelo,
princesa niña, princesa bella?

—Quiero volverlo nido
de pájaros y estrellas.

Mayo de 2020.

Consejo Técnico Gramatical

Betty Solís

Las letras del abecedario, reunidas en el comedor, tomaban una sopa caliente antes de la sesión de consejo. Pasaron a la sala de juntas donde aguardaba la directora para iniciar la reunión.

Dio inicio tan esperado jolgorio. Cada una de ellas comentaba su función en la gramática, y cómo había sido su día con las conjunciones, las abreviaturas y las palabras que formaron.

Las Vocales eran sabedoras de su posición tan importante en el alfabeto, y eso no las hacía egoístas; afirmaron que el *murciélago* no podía existir sin ninguna de ellas.

La "A", alardeó de ser la más solicitada, presumió a la *manzana* como su creación principal, poniendo el ejemplo como buen director.

La "C" peleaba con la "S" constantemente, y ésta, a su vez, se enfrentaba con la "Z" de la misma forma, pero sabían que ambas no podían estar en el *Corazón*.

La "I" y la "Y" hablaban de sus nacionalidades:

—"Kalimera" –dijo la "Y"; la "I", obstinada, no contestó.

La "Q" presentó una queja en la Real Academia de la Lengua, ya que estaban sufriendo usurpación por parte de la "K" en la elaboración de los mensajes de texto: *Es k no sé k pasa con los diálogos de hoy* –dijo la "K".

La pobrecita de la "L" sufría de un complejo de adaptación, estaba triste por no tener una palabra fuerte que presumir entre sus combinaciones, estaba cansada de ser parte de los artículos, ni siquiera figuraba entre las preposiciones, y su prima, la "LL", se había retirado hace mucho de las filas; resultaba confuso tener que hacer su trabajo y luego lo comparaban con el de la "Y".

Así, todas las letras dieron sus pormenores, presumieron sus logros, y las que no al menos dijeron sus aspiraciones. Así, pasaron un buen rato retroalimentando sus posturas.

La “A” como líder del Abecedario, dijo:

—Bien, después de estas peticiones, cerraremos la reunión con un reto, deben decir una palabra en la que puedan coincidir conmigo y que tenga que ver con el amor y la espiritualidad.

—¡Yo, yo! –gritó eufórica la “B”–. Besar –dijo.

—Meditar –afirmó la “M”.

—Escuchar –expresó la “E”.

No muy segura, la “P” murmuró: «¿Apapachar?».

Así, cada una fue dando una palabra para la dinámica. La “L” seguía con esa tristeza e inseguridad de que no se le ocurriera una palabra para poder participar.

“A” se acercó a ella y le dijo:

—Mete tu mano en esta bolsa, segura estoy de que sacarás una palabra que, con tu aportación, marcará la diferencia.

La “L” metió su manita temblorosa en la bolsita de gamuza azul y sacó la palabra ATIKA, se la mostró.

—¿Sabes qué significa? –preguntó la “A”.

—No –contestó temerosa la "L".

—Esta palabra significa "noble, generosa, ser de luz", pero si te unes a ella formaremos algo maravilloso, ahora dilo...

—¿LATIKA? –dijo la "L".

—¡Exacto! Si nos juntamos tú y yo formamos LATIKA.

La "L" abrió sus ojos maravillada al ver que con su presencia podía hacer la diferencia, en una palabra, y no era un artículo más, era una palabra mágica que refleja la espiritualidad, nobleza y luz de las personas.

Fue así que, con orgullo, dijo su aportación a sus compañeras letras en aquel consejo gramatical:

—LATIKA.

Betty Solís es de Acaponeta, de un pueblito de Nayarit donde hay muchos pájaros negros que les dicen Chanates (zanates) y hermosas golondrinas que adornan el cielo azul. Le gusta escribir porque puede dejar historias en el tiempo para compartirlas con muchas personas que no conoce pero que la recordarán por sus letras. Le gusta el olor del café y de la tierra mojada, las flores de cempasúchil y el sonido de las hojas secas bajo sus pies. Es maestra y disfruta su trabajo. Escribe para sentirse mejor.

Adelina
le dijo al chabacano
que se vistiera
de piano.

Le dijo a la hormiga
que se comiera
una lima.

Le dijo al león
que se comiera
un limón.

¡Le dijo al cilantro
que lo amaba tanto!

Le dijo a la tuna
que se montara en la luna.

Y al pavorreal,
que se acabara el cereal.

Y al gorrioncito,
que cerrara el piquito.

Y al sueño,
le dijo:
"Ya ven, despacito".

De: *Poeminas para Adelina,* Bitácora de vuelos ediciones, 2020.

La ranita berrinchuda

Una vez una ranita
enojona y berrinchuda,
quiso ver caricaturas
y en la tele sólo había
matones, malos y brujas.

—¿Ratones, callos y estufas?
¡No me gustan, no me gustan!

¡Matones, malos y brujas!

—¿Cajones, tallos y lupas?

¡Matones, malos y brujas!

—Yo quiero ver aventuras,
con príncipes muy valientes
que se convierten en ranas,
y un pajarito en la fuente
cantando grandes hazañas.

¿Un zapatito en la frente?

—¡Un pajarito en la fuente!

¿Un panalito en el diente?

—¡Dije "pájaro"!, ¿no entiendes?

¡Ah...!
¿Quieres que te lo cuente?

¡Pobre ranita, no entiende!

Colorín y colorado,
que este cuento ni ha empezado.

De: *Cuentos con rimas para niños y niñas*, Jus, 2007.

La sirenita en la regadera

Érase una sirenita
brincando en la regadera
como si fuera a nadar.

—Mamita,
quiero tener una tina,
¿sí me la puedes comprar?

—¡Ay, mi sirenita linda!
En el baño no hay lugar.

—Bu, bu, bu, bu, bu, bu, bú
–pataleó la sirenita,
no paraba de llorar.

Entonces la guacamaya
bajó desde su enramada
y le dijo a la mamá:

—Ya dígale a la pequeña
que no llore, que sea buena,
porque traigo a la cascada
para que sienta sus aguas
y se bañe muy contenta
con espuma y con jabón.

Hay que tallarle la espalda,
¡no vaya a oler a ratón!

¡Oiga, páseme la toalla,
y colorín colorado
que este cuento se mojó!

De: *Poeminas para Adelina*,
Bitácora de vuelos ediciones, 2020.

Ethel Krauze, originaria de la Ciudad de México, es autora de una vasta obra publicada, ampliamente antologada y reconocida. Su trayectoria incluye novelas, cuentos, poesía, crónica, ensayo y obra infantil. Entre estos títulos, se encuentran *Cuento contigo*, *Nana María*, *El gran viaje de Adelina*, *Una historia de peluche*, *Cuentos con rimas para niños y niñas*, *Poeminas para Adelina*. Es académica, catedrática y doctora en literatura, creadora del programa “Mujer: escribir cambia tu vida”, de Morelos, donde reside, para todo México y el mundo. Su más reciente novela, *Samovar*, Alfaguara, 2023.

Nora sin cumpleaños

Carmelita Benítez Flores y Rafael Cárdenas Aldrete

Para Nora
los papás de Nora
l@s hij@s de Nora
y l@s niet@s de Nora

«¡Por favor, papá, cuéntame qué más hizo Osilín en la casa de ancianos!». Nora y su papá van de camino a la guardería; otra vez él ha dejado a medias el cuento, lo último que alcanzó a decirle fue que el osito había tomado de la mesa, el pan con mermelada. «¡Vamos, hijita, se hace tarde!». Desde el asiento de atrás, la pequeña apenas alcanza a ver la nuca de su papá... Por la ventanilla, él mira el colorido letrero de un salón de fiestas y recuerda: «¡Que no se me pase pedir su pastel de cumpleaños!».

Suena el celular.

Detiene el carro para contestar. La voz que grita en el teléfono le recuerda que debe hacer algo importante en la oficina. Mientras tanto, Nora se divierte viendo a través de la ventana del auto, cómo pasan las nubes que parecen globos de fiesta.

Tarde, como de costumbre, llegan a la guardería. El papá de Nora la baja a toda prisa cargando la mochila, el peluche favorito de Nora, y a Nora, metida bajo su brazo izquierdo como si fuera un jugador de futbol americano que corre a la zona de anotación. Se lanza para que no le cierren la puerta de la guardería. Apresuradamente, le da un beso a la niña, la deja en el suelo y se despide. Nora se queda abanicando los cinco deditos de una de sus manitas. En la otra sostiene a Osilín, su oso de peluche. Lo levanta para mirarlo y le pregunta: «¿Te comiste toooodo el pan con mermelada tú solo?».

Ya en su oficina, el papá de Nora se sienta al escritorio. Antes de abrir el cajón, se detiene a ver la foto de su esposa con Nora en brazos. Suspira con nostalgia y cuando jala la gaveta le salta encima una avalancha de papeles, folders, tarjetas, rollos de calculadora, boletines, pliegos y *post-its*, tantos que parecen un monstruo de confeti y serpentinas tamaño oficio. De entre el montón de hojas, saca la nota en donde tiene apuntado el número de la pastelería... «Que no se me olvide llamar... Que no se me olvide llamar... Que no se me olvide llamar...». Llega una nueva caja de papeles para revisar, clasificar, enviar, revisar, clasificar, enviar... y al papá de Nora lo envuelve un remolino de pendientes, que de un soplido hace que el papel con el teléfono de la Pastelería La más rica del mundo vuele del escritorio.

En la escuela, al abrir su mochila, Nora se encuentra con montones de papeles también, pero a ella le divierten esas hojas de colores, como si salieran de una caja de sorpresas: «Parecen adornos de fiesta», piensa. Entonces recuerda la cara de cansancio de su papá, quien todos los días trabaja revisando papeles y papeles. Eso la pone un poco triste. Para alegrarse dobla en dos una de las hojas y hace algo que en su imaginación parece un moño rojo de origami.

Después de hacer la tarea y de cenar juntos, el papá de Nora se dispone a terminar el trabajo pendiente de la oficina. Se estremece al recordar los montones de recibos con los que estuvo luchando toda la jornada. Apesadumbrado coloca tres gruesas carpetotas sobre la mesa. Para Nora, son los tres pisos de un delicioso pastel.

Nora se prepara para dormir. Abre su cajonera para sacar su piyama y ve su retrato de cuando mamá y papá celebraron su primer cumpleaños. Sus ojos se iluminan como velitas encendidas cuando pides un deseo. «¡Qué rico será probar una rebanada en mi cumpleaños!». Hace mucho que espera saborear la fresa y el betún de vainilla. Y es que a su papá ¡ni los *hot cakes* le salen bien!

Los días siguientes se repite la rutina: guardería, trabajo, casa, primero de kínder, trabajo, casa, segundo de kínder, trabajo, casa, preprimaria, trabajo, casa, primero de primaria.

Una noche, otra vez muy, muy cansado, exhausto de luchar contra los montones de papeles, el papá de Nora sube a su cuarto para desearle buenas noches y contarle el final de la historia de *Osilín, el oso en el asilo de ancianos*... pero ya la encuentra dormida. Al verla con la foto de su primera celebración, ¡se da cuenta que hoy fue el cumpleaños de Nora! ¡Lo volvió a olvidar!

El *janka-janka* de una corneta y unos toquidos en la puerta interrumpen la mañana del domingo.

Nora corre a abrir, pero primero se asoma por la ventana y pregunta quién es. Una alegre voz le responde con otra pregunta:

—¿Niña, está tu papá? Pues... dile que... ya llegó...

¡el payasooooo chocolattiiiiiiín!

Nora abre la puerta y encuentra a un señor vestido de overol verde, con motas de estambre naranja en la cabeza, unos lentes morados, haciendo malabares con pelotas de colores. Entre confundida y desilusionada, Nora le dice: «¡Mi cumpleaños fue ayer!». El payaso, atolondrado, se pregunta si se equivocó de casa, pero no, el número de la casa es el correcto... no se equivocó.

El papá de Nora se levanta despeinado y soñoliento a poner café para terminar de despertar y seguir luchando contra las cajas y cajas de papeles que vinieron persiguiéndolo desde la oficina. Al ver la puerta abierta y a un payaso frente al marco, piensa que aún sigue dormido... «Ahora sí estoy trabajando demasiado», se dice al ver esa cara pálida de ojos morados y nariz roja, creyendo verse frente a un espejo.

Nora lo mira; esta vez hay tristeza en sus palabras: «¡Papá, lo olvidaste otra vez!». Cada año ha tratado de entender a su papá, lo mucho que trabaja y los papeles que lo tienen atareado y distraído, pero aún ella, que todo lo comprende, siente algo, como una basurita de confeti en los ojos y prefiere subir corriendo las escaleras para que no la vea llorar...

El payaso siente un poco de pena por ese hombre demacrado, con ojeras, pelo de almohada, con cientos de noches sin dormir y le dice: «Olvidó la fecha del cumpleaños, ¿eh? Lo lamento, amigo». «No, creo que esta vez me confundí», contesta el padre. Después de pagarle, el papá de Nora toca la puerta de su cuarto. «Norita, hija, ¿estás bien? Lo siento mucho, esta vez sí lo había anotado en mi agenda, no sé qué pasó...».

Algo se agita detrás del padre, dos corrientes opuestas chocan, una tibia y emocional; la otra, fría y calculadora; primero suaves y silbantes; luego intensas y bufantes.

Teme mirar.

Tiene los ojos cerrados, pero sabe que no puede mantenerlos así por mucho tiempo. Al abrirlos se da cuenta de que las hojas de contratos, facturas, *tickets* y carpetas forman un remolino que envuelve sus pies, sube por sus piernas y lo forra girando, dando vueltas y más vueltas... todo se transforma

en un feroz vórtice que amenaza con apartarlo del cuarto de Nora, de tirarlo por las escaleras, empujarlo por la puerta de su casa, arrastrarlo por el jardín para llevarlo a lo alto y dejarlo caer al vacío. «¡Puedo ver el techo de mi casa!», piensa espantado. Entre el ruido ensordecedor del viento que lo atrapa, alcanza a escuchar a lo lejos la voz de Nora que grita:

—¡Papá, te extraño mucho, quiero pasar un día divertido contigo! Ya casi nunca platicamos, ni me cuentas cuentos. ¿Te acuerdas de las aventuras de *El vampiro de los dulces*? ¡Quiero saber qué pasó con los muebles radioactivos que se transformaban en monstruos! O ¿qué pasó con *Osilín* o qué fue de *La Gata Cristy*? –Todas estas historias eran cuentos que salían de la imaginación del papá de Nora y que le contaba cada noche. Pero al llenarse de deberes y responsabilidades del trabajo, había ido olvidando terminar cada historia; cada cuento y personaje, hojas rasgadas del libro de su memoria–. Sé que tienes que trabajar y que tienes muchos papeles que revisar, pero...

—Pero no me importan más que tú. Y no quiero más a mi trabajo... Lo hago porque...

En ese momento se queda quieto, flotando en el aire. A su alrededor, los papeles giran y vuelan; uno de ellos pasa por su pómulo y lo corta con el filo de la orilla, pero él ya no siente nada, sólo escucha la voz de Nora que le parece de repente tan extraña. ¿En qué momento dejó de ser la vocecita de una bebé para ser la de una niña?

El ciclón cesa de golpe y el papá de Nora cae, cae y cae; él siente vértigo, como ganas de volver el estómago. Cae y cae de vuelta al patio. Pasa por la puerta, cae por las escaleras, ¡hacia arriba! Abre los ojos para despertar afuera del cuarto de su hija.

Hasta ese día, el papá de Nora nunca se había preguntado por qué tenía ese trabajo. Empezó haciendo números en papeles que se veían tan serios e importantes. Pero poco a poco esos documentos se fueron transformando en ese inarchivable monstruo traga-tiempo y arruina-alegrías que lo perseguía a todos lados, con responsabilidades multiplicadas, haciéndolo olvidar que cada año Nora iba creciendo más y arrancando del cuaderno de su vida los días que le quedaban para ser niña.

Suena el celular. Es la voz gritona del teléfono. «¡Aún en domingo está llamando a papá!», piensa Nora, sintiendo pena por él. Su papá saca el aparato ruidoso de su bolsillo, y con un movimiento decisivo de su pulgar, corta la llamada.

—Nora, ¿qué te parece si vamos a festejar tu cumpleaños? Vamos al parque a pasear en bici y a subirnos a los columpios. Comeremos unos algodones de azúcar, unos helados y te termino de contar lo que le pasó a Osilín...

Feliz, Nora abraza a su papá y se apura a cambiarse para salir.

Pasan un divertido día jugando, andando en bicicleta, comiendo tantas cosas en la feria que ya habían olvidado que les gustaban: elotes, papas en espiral, raspados de grosella. Se sientan en una banca a platicar más de Osilín.

—Papá, ¿y *La Gata Cristy*?

—Ah, *¿la gata detective que siempre agarra a la rata?* Pues...

El entrometido celular suena una vez más. El papá de Nora lo saca de su bolsillo... Nora se congela con la lengua de fuera a punto de probar su raspado y los dos se quedan viendo al teléfono... «¿Mi papá va a contestar?». Él, vacilante, serio, molesto, irritado, mostrando enfado, francamente exasperado exclama: «¡De ninguna manera nos arruinarán la fiesta! ¡NO MÁS!», y triunfalmente apaga el atroz aparato. Nora es una explosión de alegría, miles de emociones de colores cayendo por todas partes. Maravillada por la decisión de su papá, los dos celebran.

—¿Qué más quieres, hija, unos helados de pistache, una rebanada de pizza?

Al llegar a casa, Nora le da un beso a su padre en la mejilla y le dice que éste ha sido el mejor cumpleaños de todos. Se va a dormir, feliz, a soñar con todas las historias que le ha contado su papá, y ansiosa por saber cuántas más tendrá para contarle mañana, y pasado mañana, ¡y en todos los cumpleaños que faltan por venir! Antes de quedarse dormida, Nora piensa que en realidad la fiesta es lo padrísimo de pasar tiempo con quien tanto quiere.

Ahora los papeles de la oficina ya no amedrentan al papá de Nora, pues los reutiliza por la parte de atrás para escribir las nuevas historias que le narrará por las noches. Y tal vez en uno de los cumpleaños por venir, sorprenda a Nora regalándole un libro con todos los relatos que le habrá contado durante su niñez:

> Para mi querida hija Nora, gracias por ser
> el sol que nace para mí diariamente, y hacer
> todos mis días una fiesta de cumpleaños.

Carmelita Benítez Flores y Rafael Cárdenas Aldrete. A Carmelita le gusta enseñar a niñas y niños cómo decir sus sueños e ideas en inglés. Por eso creó el *Picture Dictionary*, diccionario infantil ilustrado, inglés-español, publicado semanalmente en un periódico de Chihuahua.

A Rafael le gusta hacer monitos y libritos, y juega publicando cuentos y poemas de otros escritores. Para que todos quieran leer más, los hace divertidos y les pone dulces y cacahuates. Se llaman "Poetazos". Cuando sus hijos, Aurelio y Braulio, eran pequeños, les leían cuentos y les inventaban historias de aventuras y locuras.

Entonces Carmelita y Rafael decidieron juntar sus súper-talentos: narrar historias y dibujar monitos, y empezaron a escribir juntos. Así escribieron *Los zapatos de bombón*, *Gloria Siete Cabezas* y *El tesoro de Pancho Pantera*, adaptada para teatro escolar por Julio César Puga, en la primaria "María Jesús Salinas de Lozano", en Cadereyta. Su última travesura fue pensar «¿qué harías si no se acordaran de tu cumpleaños?». Y así nace "Nora sin cumpleaños".

Los gatos de la niña Frinecita

Anne Luengas

Érase una vez, en un rincón de este *México lindo y querido*, una niña güerita llamada Frinecita. Vivía en una casita de madera blanca con techo de dos aguas, grandes ventanas y vistas verdes, en medio de un jardín frondoso. Frinecita tenía dos gatos muy especiales. Los cuidaba con amor y les había dado, en náhuatl, lengua de su abuelo, nombres acordes con sus personas. *Ezti*, "frijolito" en este idioma, era un precioso gato negro con una estrella blanca bajo el mentón y ojos dorados. Al otro, lo llamó *Chumpi*: "llorón". Chumpi era un joven felino gris, rayado, de larga cola móvil; maullaba por hambre, por amor, por tristeza, por todo.

Donde iba Etzi, lo seguía Chumpi. A Etzi no le fascinaba esta presencia constante, pero, sabio animal, rara vez mostraba su fastidio con un resoplido o una patada. Sí, Etzi era sabio; sabio como un ángel; tan así que en la época de nuestro relato le salieron sobre los hombros dos manchas de color café muy parecidas a un par de alas.

Cuando la niña Frinecita enfermó, cuando la fiebre encendió su rostro, cuando tuvo que guardar cama y otras manos vinieron a alimentarlos, ambos compañeros agitaron sus largos bigotes y se miraron inquietos. Después de pensarlo bien, decidieron ir en busca de consejo: ¿qué podían hacer para ayudar a su querida Frinecita?

El par atravesó el jardín, recorrió algunas calles y descubrió de repente un paisaje de cruces. Chumpi, sorprendido por este paraje desconocido, preguntó si no sería bueno buscar una respuesta por ahí. Etzi, más viejo, había reconocido un cementerio y le dijo a su amigo:

—Ésta es la tierra donde los humanos descansan para siempre. Aquí rondan sus almas, además, las cruces representan a su Dios. Quizás tengas razón.

Dudó un instante, entró y, como siempre, Chumpi lo acompañó. Pronto se dieron cuenta de que no era sólo una estancia para los muertos. En efecto, animales muy variados correteaban entre las lápidas. Había ratones, conejos, ardillas, zorros e incluso una elegante familia de ciervos. Todos se veían muy tranquilos y felices como si este lugar fuera un trocito de paraíso.

A Etzi y a Chumpi les asombraban las escenas y los sonidos alegres del lugar. Los ratones correteaban en busca de comida, los conejos saltaban o jugaban con los zorros. Un grupo de vacas flacas cantaba y bailaba. A los gatos les fascinó el espectáculo y se unieron al baile. Las vacas, encantadas, les dieron la bienvenida. Cuando se cansaron y se detuvieron, los mininos preguntaron si sabían de un remedio para Frinecita. Ellas no conocían ninguno, pero los invitaron a consultar a Esperanza.

Esperanza, una yegua anciana, sentada bajo una ceiba enorme en medio del panteón, era la maga de la comunidad. Los felinos se presentaron. Ella les contó la historia del camposanto, les explicó que, en él, todos los animales debían vivir en armonía entre ellos y con las almas de la gente:

—Aquí, los gatos no tienen derecho a matar ni ratones ni pájaros. Ahora, si han decidido respetar nuestra ley y tienen una petición, los escucho.

Y los escuchó.

Etzi convenció a Chumpi de portarse bien y preguntó:

—¿Cómo podemos ayudar a una niña enferma?

Esperanza sonrió.

—Se trata de Frinecita, ¿verdad? Pues busquen la cruz más grande y pidan a Cristo por la salud de la pequeña. Dios la ama y oye las peticiones de su hijo. Y cumplan su promesa. Recuerden: ni un bufido ni una patada hacia nadie.

Etzi le aclaró algunos detalles al destanteado Chumpi:

—Dios es nuestro creador, Cristo Jesús es su hijo: Él transmite los mensajes a su padre.

Los dos gatos volvieron a emprender su marcha. Pedían direcciones a quienes veían:

—Hola, ratoncito, ¿sabes dónde se encuentra la cruz más alta?

—Hola, palomita, ¿dónde está la cruz más grande?

Los animales no sólo contestaban con amabilidad, también los acompañaban. Chumpi tenía muchas ganas de atrapar a estos vecinos, pero supo comportarse: escondió los colmillos y retuvo las uñas. Cuando por fin alcanzaron el lugar de oración, se había reunido una muchedumbre de cuadrúpedos, de pájaros, de insectos e incluso, tímidas y detrás de todos, como apenadas, algunas víboras.

Se detuvieron al pie de la gran cruz de mármol blanco, cerraron los ojos para concentrarse y empezaron su oración:

—Señor Jesús, te pedimos por la salud de la niña Frinecita...

Así continuaron un buen rato.

Una perra norteamericana repetía en inglés:

—Jesus, please take care of the child.

Un ganso canadiense murmuraba:

—Seigneur Jésus, prenez soin de cette petite fille.

Un perico viejo, que había sido de un cura empezó en latín:

—*Pater noster qui es in caelis...*

Una de las víboras, originaria de Xilitla, decidió rezar en náhuatl:

—*Toteko Toteotsin...*

Poco a poco las voces tomaron fuerza, la oración se hizo potente. Una bandada de tórtolas inició un canto, los grillos agitaron sus alas; los gatos no pudieron resistir, maullaron con sentimiento, agradecidos por tanto apoyo y cuando abrieron los ojos, otra maravilla los esperaba: el grupo, las cruces, las lápidas, los árboles, el camposanto todo estaba cubierto por una nube luminosa: las almas de los difuntos rezaban con ellos. Dios, de seguro, sería clemente y curaría a Frinecita.

Su corazón se llenó de gratitud y la expresaron como pudieron. Luego, cuando el Sol se estaba apagando, a paso lento y lleno de pensamientos hermosos, el grupo se dispersó. La nube luminosa se transformó en miles de luciérnagas que revoleteaban cerca de las cruces.

Etzi y Chumpi regresaron a la casa blanca con vistas verdes. Iban rápido, rápido: las manchas de Etzi se habían levantado: ¡eran alas! El sabio le daba la pata al joven y llegaron en un abrir y cerrar de ojos. La niña Frinecita los esperaba de pie tras la ventana. Una corona de luciérnagas rodeaba su imagen. Estaba sana y más hermosa que nunca. Les abrió el portón y, animosamente, les dio unas sabrosas croquetas.

En los días siguientes, Etzi y Chumpi establecieron una rutina: todas las tardes iban a visitar a sus nuevos amigos en su pequeño paraíso y decidieron que si alguien –persona o animal– venía a rezar mientras ellos paseaban por allí, lo acompañarían por siempre.

Anne Luengas

Estimados lectores:

¿Saben lo que es una semblanza?

No hagamos el cuento largo: son los episodios importantes de una vida sin las metidas de pata. A continuación, leerás la semblanza de quien escribió "Los gatos de la niña Frinecita", o sea, la historia de Anne Souchaud de Luengas, mi historia. Nací en Francia hace... años. Siempre me gustó leer y aprender. Estudié, feliz, algunos idiomas, incluso unos que "no sirven para nada" como latín y griego. Luego, en la universidad, aprendí a trabajar para ser independiente. De paso, estudié leyes y literatura. Viajé, conocí a jóvenes de todo el mundo. Encontré al príncipe azul: guapísimo, lindo y mexicano. Nos casamos, vine a México, aprendí español. Tuvimos tres hijos parecidos a su papá. Enseñé muchas cosas y fui bibliotecaria muchos años en el TEC de Monterrey.

Jubilada y abuela, me puse a escribir... Ya lo saben todo.

Les mando un saludo afectuoso.

Juancho el cocodrilo

Luisa Govela

Juancho el cocodrilo
me viene a saludar
cuando el sol más calienta
en medio del manglar
nada con elegancia
corta el agua con suavidad
y llega hasta un islote:
¡quiere broncearse!
sus ojitos fríos
me lanzan una mirada
parece calcular
de cuántas dentelladas
me podrá almorzar
¡mira que estoy vestido
Juancho, por favor!
si comes mis zapatos
te vas a indigestar
«te obsequio mis calcetas»
digo por alegrarlo
este regalo
creo
no lo hace muy feliz
porque veo que muy digno
arruga su gran nariz.

Luisa Govela soñaba con ser poeta y narradora desde que estaba en primero de primaria. Todo empezó con un poema que su mamá le enseñó cuando era muy pequeña, sobre un caracol. Decía así: *Aquel caracol que va por el sol en cada ramita llevaba una flor. ¡Que viva la gala! ¡Que viva el amor! ¡Que viva la gala de aquel caracol!* También se aprendió un trabalenguas en inglés que musitaba a mil por hora: *Peter Piper picked a peck of pickled peppers. A peck of pickled peppers Peter Piper picked. If Peter Piper picked a peck of pickled peppers. Where's the peck of pickled peppers Peter Piper picked?*

Nadie en la escuela podía decir los trabalenguas tan aprisa, y menos en inglés. Entonces Luisa pensó que los lenguajes eran muy divertidos y que le gustaría ser maestra de idiomas cuando fuera mayor. Estudió la carrera de Lengua y literaturas hispánicas y la de Lengua Inglesa; y una Maestría en Educación, para prepararse debidamente a realizar su sueño. Y así fue: enseñó Español e Inglés y la literatura de ambos idiomas durante 40 largos años. Le dieron una bella medalla de plata por su extensa trayectoria como maestra de idiomas y literatura en todos los niveles educativos, principalmente en preparatoria y en la universidad. Además, fundó un colegio bilingüe: El Instituto Benjamín Franklin en Ciudad Madero, Tamaulipas. Ahora que se ha jubilado como maestra, lo que más le gusta es ser abuela y escribir poemas y cuentos para niños y grandes.

La sirena feíta (el cuento que no nos quieren contar)

La sirena feíta tenía 15 años y quería salir del agua: no por haberse enamorado de algún fascinante ejemplar de hombre terrestre, sino por puro –y más sano– espíritu de aventura.

Y sí, era feíta, pero no le importaba mucho: tenía ojos grandes e inteligentes (aun sin pestañas largas), labios sutiles pero que decían siempre lo que opinaba; disfrutaba que sus brazos, un poco más largos de lo acostumbrado, desproporcionados con respecto al cuerpo y la cola, le permitían abrazar sin esfuerzo a sus hermanas.

Las proporciones están sobrevaluadas, pensaba, envolviéndolas en un abrazo de despedida. No era huérfana: tenía una sirena madre, sabia y comprensiva, a quien le pidió un hechizo de bruja para cambiar su cola (adornada con cicatrices y estrías) por piernas fuertes y rápidas, manteniendo las mismas marcas del tiempo, que ella consideraba como medallas al valor. La bruja-madre la tranquilizó, no sirve ningún artificio de magia: «La cola, es suficiente echarla para abajo, y ahí tienes tus piernas; cualquier sirena puede caminar y salir de aquí, si tan sólo lo desea. Exactamente como las mujeres terrestres pueden meterse al océano y nadar».

Y entonces, sin demasiada angustia, porque sabía que podía regresar a la acogedora agua de sus padres cada vez que quisiera, la sirena echó para abajo su cola y salió.

Decidida a caminar lo más posible y a armarse con conocimiento, se metió en una callejuela de la ciudad de mar dando los primeros pasos un poco tambaleantes como un cervatillo recién nacido, luego se hizo más segura, rápida y experta hasta que alcanzó la floresta.

Allí vio una casa pulcra y ordenada, con 7 enanitos que salían y una mujer bonita que los despedía desde la puerta. Con pocas palabras de charla se entendieron enseguida muy bien; la sirena feíta le hizo notar a Blancanieves que podía hacer cosas más interesantes que ser la criada de 7 adultos incapaces de ordenar su propia morada o que, como mínimo, pidiera ser remunerada.

Después de varios días de charlas y amistad, cuando llegó una anciana con atractivas manzanas rojas, la sirena sentada en el sofá de casa-enanos le recordó a Blancanieves, la cual estaba asomada a la ventana, que ya algunas de sus ancestras se habían arrepentido terriblemente al haberle dado un mordisco a esa misma fruta, en el reino de los cielos. «Esa fruta ya le hizo bastante daño a nuestro género... no, gracias, preferimos los kiwis».

Cuando Blancanieves empezó a tener los papeles en regla, con las vacaciones pagadas, la sirena le dio cita para sus días feriados y la envolvió en sus largos brazos (no vayamos a exagerar, ¡apenas algunos centímetros más de lo normal!), y echó a andar sus piernitas marcadas, al encuentro de más aventuras.

Siguiendo su camino, en la selva encontró la zona de caza, supuestamente repleta de lobos, y, divisando a una niña de capa roja se le acercó para ponerla sobre aviso, no tanto de que había lobos, sino de que había cazadores. «No debes tenerles miedo a los animales, se te acercan, te escrudiñan, te huelen, luego cuando los tocas y se frotan contra tus piernas, ¡lo lograste!».

Las dos chicas sentadas en el pasto comían los dulces de la cesta, rodeadas por cachorros coleantes que se dejaban acariciar el pelaje gris. Terminada la última migaja y después de haberse reído fuerte, juntas, por historietas y chistes, la sirena se despidió de Caperucita y también de los lobos, bien sabiendo que su nueva amiga habría sido escoltada por la manada en las partes más inaccesibles de la travesía y que los animales habrían sido capaces de oler en el aire el hedor de los cazadores, poniéndola a salvo.

Camina y camina, llegó a otra casita cuando ya estaba anocheciendo. La morada era bonita, construida con dulces y mazapán. La viejita que habitaba allí le dio con gusto la bienvenida, pues acababan de llegar también Hansel y Gretel y se podía fácilmente añadir un asiento a la mesa. La anciana estaba algo agitada, no acostumbraba a recibir visitas y la soledad le hacía mucho daño, le hacía tener pesadillas y manías.

Mientras comían juntos una rica sopa, la sirena habló de cómo en su mundo submarino, a las sirenas ancianas no se les abandonaba, ya que la comunidad les atribuía gran valor por su experiencia y por su habilidad de narradoras de cuentos. Entonces la viejita abandonó los afanes y el nerviosismo que la afligían últimamente y quiso, ella también, contarles a los chicos un cuento de hadas que gustó mucho.

La sirenita y los dos niños se durmieron tranquilos y al día siguiente volvieron a su camino deseando regresar a visitar a la anciana una y otra vez. La viejita se sentía feliz, quería que regresaran pronto y, al cerrar la puerta, empezó enseguida a anotar en un cuaderno los cuentos infantiles que se le ocurrían.

La sirenita se despidió de Hansel y Gretel en una bifurcación, con uno de sus ya famosos abrazos, y después de caminar un par de horas llegó a un gran castillo circundado por un pueblito.

Cerca de un pozo, le ayudó a una muchacha a cargar en sus hombros unos cubos desbordantes. Tenía su ropa sucia de ceniza y le habló de una fiesta de baile, a la que deseaba ir, pero sus hermanastras no la dejaban. La sirenita le sacó uno de los dos cubos y lo cargó acompañando a Cenicienta hasta su casa. Durante el camino discutieron juntas sobre lo que iba a suceder en la fiesta y sobre qué era lo que se esperaban las dos para el futuro. Cuando llegaron al portón, la Cenicienta ya no estaba tan segura de querer pasar lo que le quedaba de vida asistiendo a cenas de representación como esposa-objeto de un noble que la había elegido como se elige un caballo en una feria. «Renunciaré con gusto, ofreciéndole el príncipe a una de mis hermanastras».

La sirena se fue de esa casa cuando también las hermanastras empezaron a abrir los ojos y nadie más quería ir al baile; querían las cuatro (incluida la madrastra) quedarse en casa, juntas, jugando a las cartas y comiendo bizcochos y galletas con chocolate.

El castillo del pueblo era idéntico a un castillo más lejano, en la cumbre de una montaña que caía a pique sobre el mar, el mar de la sirenita. Entonces ella pensó en alcanzar ese castillo como última etapa de ese viaje, para luego regresar a las aguas de sus padres, pero sabiendo que ahora tenía nuevas amigas a las que podía volver a visitar, y que ellas, a su vez, podían tirarse, cuando quisieran, a nadar en su océano.

Llegó al castillo montañés escuchando los rumores de los pobladores, quienes decían que el edificio estaba habitado por una bestia. La sirenita llegó y conoció a la bestia. La sirena no era linda y no le importaba serlo, entonces tampoco le importaba que la bestia fuese linda o que tuviera modales más amables o un porte regio. En realidad, tampoco le importaba descubrir si la bestia era macho o hembra, eso no tenía ninguna importancia. Descubrió en su impetuosidad una inmensa dulzura, descubrió en su rabia un inmenso temor, descubrió en su fuerza manifiesta la oculta necesidad de ser comprendida y acariciada. Y así hizo, acarició a la bestia, la escuchó, la tranquilizó, la amó.

Decidió, por lo tanto, después de haber ayudado a sus hermanas y experimentado el mundo acuático y terrestre, quedarse con la bestia, recibiendo las visitas de las amigas e ir y venir al mar cuando lo quisiera (aun la bestia aprendió a nadar). Y no vivieron para siempre felices y contentas, porque la vida no es siempre fácil, por lo tanto, se necesitó de sacrificios y compromisos, pero juntas y con el apoyo de los demás, la supieron enfrentar.

Silvia Favaretto nació como sirena en las aguas de la laguna veneciana. Su forma de nadar siempre ha sido escribir y dibujar. Es escritora, docente, artista visual y traductora. Presidenta de la Asociación Cultural Progetto 7LUNE que difunde la cultura hispanoamericana contemporánea en Italia. Ha publicado varios libros en Europa y en Latinoamérica, en distintos géneros incluyendo literatura infantil; ha obtenido premios en poesía, novela y artes visuales, entre ellos, Paese delle donne, en el que obtuvo mención al mérito con *Este cuento no se ha acabado* (Ediciones Morgana, 1ª ed. 2019) y segundo lugar con su novela *Verde Laguna* (Venecia, Mazzanti, 2022).

El gusanito y el calcetín

Dolores Gloria

Martincillo se estaba alistando para ir a la escuela cuando su mamá le dijo que se fuera a poner unos calcetines, así que subió a su cuarto para ponerse su par favorito, pero uno tenía un agujero. «¡Mamá!, ¿por qué hay un agujero en mi calcetín?». Su mamá le indicó ponerse uno diferente: «Te compraré otros, no te preocupes, hijito».

Martincillo se olvidó del calcetín ese día, pero a la mañana siguiente, cuando fue a sacar otro par, también estaba agujereado. Corrió a decirle a

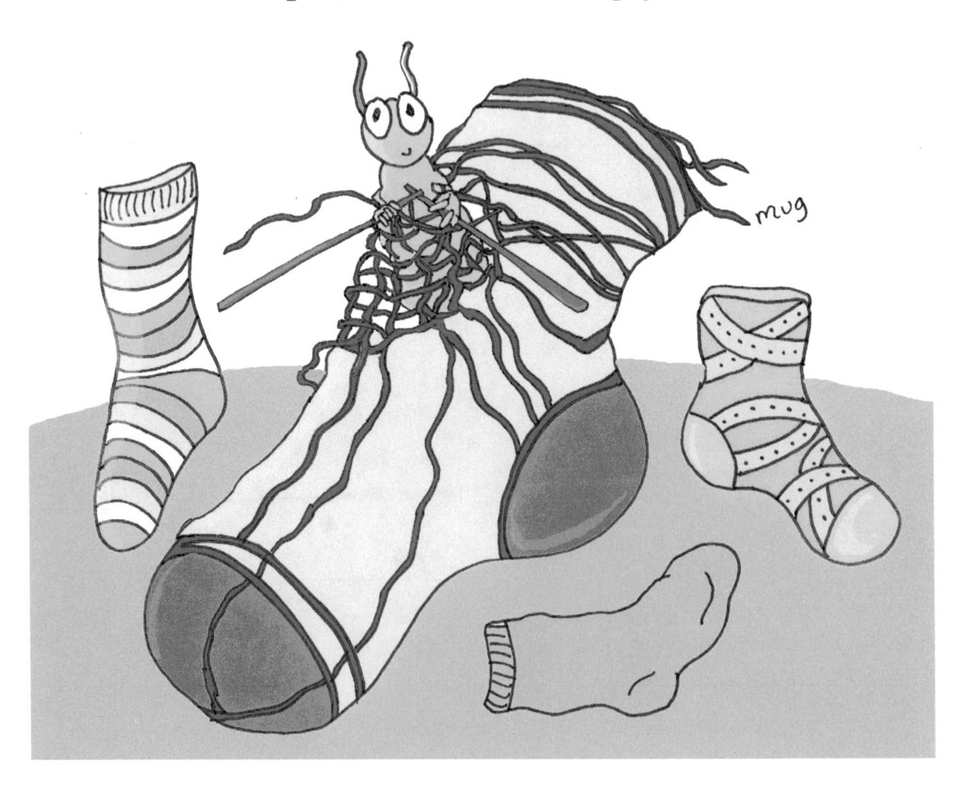

su mamá: «¡Mira otro agujero!». Su mamá lo miró dulcemente y le contó que a veces los gusanitos se cuelan por los cajones y van haciendo hoyitos, por aquí y por allá. Pero le aseguró que le compraría muchos más.

Martincillo quedó sorprendido, quería ver al gusanito que vivía en su cajón, tal vez si fuera su amigo ya no abriría agujeros en sus calcetines.

Marticillo le contó a su hermano del gusanito en su cajón, y éste, serio, le dijo: «¡No hay ningún gusano en tu cajón!». Y Martincillo refutó: «¡Pero hacen agujeros!». «¡No hay ningún gusanito en tu cajóoooon!», aquél repitió.

Al otro día Martincillo estaba ansioso de mostrarle a su hermano que sí había un gusanito en su cajón, y lo buscó y lo buscó, no había nada. Y al probarse otros calcetines halló más agujeros en los talones y en los dedos. Gritó: «¡Mamá, el gusanito, los calcetines!», pero el único que lo escuchó fue su hermano, que salió de su cuarto con un par de calcetines suyos en la mano y se los dio. «Lo que pasa –dijo– es que tus calcetines ya no te quedan». Martincillo se los probó ¡y le quedaron a la perfección!

Por mucho tiempo los dos hermanos seguirían riendo del gusanito y el calcetín.

Dolores Gloria nació en San Luis Potosí, México, en 1980. Estudió Licenciatura en Derecho en la Universidad Autónoma de SLP. Actualmente reside en Austin, Texas. Escribe poesía y cuento. Sus inicios literarios fueron en el Taller libre de literatura del Museo Othoniano, coordinado por Ana Neumann. Algunos de sus trabajos se encuentran en el poemario colectivo *Tres Laberintos* (2001), publicado por la UASLP, y en la compilación *Palabras Libertas* (2016) del taller libre de literatura del Museo Othoniano de San Luis Potosí. Ha participado en múltiples antologías como parte del grupo Letras en la Frontera de la UNAM San Antonio.

Inana, la niña que vivía en las sombras

Aide Mata

Inana era una niña tímida, casi no salía de casa, siempre traía su rostro cubierto con una capucha: era un *sweater* tan grande, de mangas largas, que le llegaba a media pierna; miraba por la ventana a los niños que jugaban afuera, en la calle, ¡qué envidia le daba verlos! Su padre era el único familiar que le quedaba, trabajaba todo el día dejándola sola en aquellos cuartos rentados, por eso aprendió a cuidarse ella misma, pues él, aunque la amaba tenía que irse a conseguir dinero.

Inana había quedado marcada de por vida por el abrazo del fuego, aquél en el que perdió la vida su madre y a ella le quedaron cicatrices en varias partes del cuerpo, dejando un recuerdo imborrable.

Ese día el sol estaba en lo alto e Inana tenía que salir. En la despensa no había mandado, no encontró comida preparada, su padre siempre le dejaba dinero, pero ir al supermercado requería de mucho valor:

«Si me robo la sombra de los árboles, podré pasar junto a esos muchachos y no me verán, así no asustaré con mi fealdad», se dijo, ajustándose la capucha; y al abrir la puerta, el reflejo del sol le pegó tan fuerte que sintió su aliento caliente a través del *sweater*, pero siguió avanzando sigilosamente hasta el primer árbol, se ocultó bajo su sombra, era una enorme lila llena de perfumadas flores; los niños de la calle no la notaron, se animó hasta la siguiente sombra "robándosela" lo más aprisa que pudo, tratando de aguantar su agitada respiración, como si en verdad pudiera absorberla.

Continuó hasta la sombra del inmenso moro, esta vez no tuvo suerte, los niños la vieron y corrieron a su encuentro. Una niña con carita sonriente y precoz le cortó toda posibilidad de huir. Inana trató de fundirse con el árbol, entonces la niña le habló:

—Soy Karla, él es Carlos y ese otro es Iván, ¿y tú?

Inana con un gemido muy tenue:

—¿No os asusta mi rostro? –alcanzó a decir.

—Claro que no, de seguro fue algo grande, ya nos lo contarás –dijo Karla.

—Yo tengo una cicatriz de un perro que me mordió –continuó Carlos.

Iván se rio porque había sido su perro. Y empezaron a bombardearla con preguntas. Karla se impuso al ver que se ponía roja y, tomándola de la mano, la sacó de la sombra. Al ver el billete en la mano, calló a sus amigos y le preguntó a ella suavemente:

—¿Vas a la tienda?

Inana asintió sin poder creer lo que estaba pasando.

Aquel grupo de niños estaba demostrando mucha energía y solidaridad, pero sobre todo le estaban brindando su amistad, algo que ella deseaba tanto y no pensaba que fuera a suceder debido a las marcas de su rostro y manos, que eran las más visibles.

—Te acompañamos, no necesitas esconderte, ya te habíamos visto cuando te asomas por la ventana, esperábamos verte salir, pero tú siempre estabas detrás de las cortinas, en las sombras. Hoy es diferente, iremos contigo, charlaremos y si puedes más tarde jugarás con nosotros.

Y se dejó llevar por aquellos chiquillos tan solidarios, tan amables. Una pequeña lágrima resbalaba por su mejilla cicatrizada mientras oía la plática de quienes le estaban enseñando a nunca volver a ocultarse en las sombras, a no rendirse. Su papá estaría feliz al ver que volvía a casa con sus nuevos amigos.

Cuando llegó la noche, Inana comentó a su papá, cuya gran sonrisa no se había borrado desde que la viera con los niños:

—Aprendí en un solo día los más grandes valores en compañía de mis tres amigos: autoestima, coraje, empatía, valor, amistad, amabilidad, humildad; y prometo siempre practicarlos.

Su papá la miró a los ojos y con ternura le dijo:

—Hija mía, estoy orgulloso de ti, todo lo que has superado y aprendido es lo que te hace brillar y ser única, nunca lo olvides.

Inana giró la vista hacia la ventana y envió un beso, hasta el cielo, a su mamá.

Aide Mata, escritora por colaboración de cuentos, poemas y relatos. Antologías en editoriales como Mujeres con Voz de Tinta, Yishù, Codise. Poemas y cuentos en *Revista Poetas de Plata*, Colectivo Cultural Mosaicos y Letras, Corporación Rompiendo Barreras, Historias Compartidas.

Don Cayetano el explorador

Elena Villarreal

Don Cayetano era un famoso explorador, entrado en los sesenta, tenía el pelo entrecano y unas arrugas ligeras alrededor de los ojos, pero otras grandes y profundas en las comisuras de la boca, debidas a su sonrisa permanente, así de feliz era por dedicarse a la aventura. Y eso le había ganado el reconocimiento mundial.

Aquella tarde, Don Cayetano estaba sentado en el escritorio de su biblioteca, tomando té, al día siguiente partiría en lo que podría ser su último viaje. A su mente vino el recuerdo de cuando era un niño y corría alrededor de ese mismo escritorio para terminar la carrera en las piernas de su padre, que leía sentado en el sillón. Frente a él, en una silla de terciopelo rojo, su madre, con una tacita en la mano y el meñique levantado como la educada señora que era.

—Vas a romperme las rodillas, Tano –lo reprimía su papá.

Pero no eran papás regañones, al contrario, jugaban mucho con él. «Tano, vamos al jardín a hacer pasteles de lodo», lo invitaba su mamá; «Tano, acompáñame a pasear a los perros», le decía su papá. Antes de dormir le contaban historias de monstruos o caballeros medievales y sus princesas, o le hablaban de los planetas y las estrellas. Tano soñaba con visitar la Luna o subirse en un cometa y recorrer el universo.

Cuando su padre le enseñó a leer un mapa, el niño se rascó debajo de la oreja y señaló un punto, «ahí hay algo», dijo. Su padre se rio, pero marcó con plumón el lugar que su hijo le había dicho, en medio del océano azul

del mapa. Años después, cuando le dejaron de llamar Tano y le empezaron a decir Cayetano, su padre le regaló una mochila y un diario, le recordó el punto en el mapa y le dijo que fuera a ver qué había ahí y que escribiera toda su travesía.

Ésa fue su primera exploración, tardó muchos meses en llegar porque tuvo que ganarse el dinero para comprar los pasajes; a cada lugar al que llegaba buscaba empleo, fue costurero, lavacoches, minero, mecánico, maestro de matemáticas, boletero del cine, futbolista, chofer, tramoyero, albañil, ayudante de cocinero, y al final se empleó como marinero en el barco que lo llevaría hasta ese puntito en el mapa. Y como el capitán le contestó que estaba loco cuando le pidió que desviara su curso y se detuviera en ese lugar, Cayetano se lanzó al mar en una balsa.

«¡Hombre al agua!, ¡hombre al agua!», gritaron los tripulantes.

Lo esperaron y vieron como remó y remó, y luego dio vuelta a la derecha; se detuvo, miró hacia el cielo y enseguida hacia el mar; se rascaba debajo de la oreja, remó ahora en círculos, se detuvo para agacharse sobre la borda de la balsa, se quedó mirando un buen rato, hizo una señal con la mano y regresó.

Cuando lo subieron al barco, les habló de la fosa que acababa de descubrir, el agua ahí era tan clara y transparente que se podía ver hasta el fondo del mar, kilómetros abajo.

Desde entonces Cayetano se convirtió en una celebridad, ya no tuvo que buscar trabajos para comprarse los pasajes, gobiernos y universidades le pagaban los gastos de sus viajes. Se dedicó, con mucho éxito, a explorar el mundo.

Desde el escritorio, Don Cayetano miraba todas las cosas que tenía en su biblioteca. En especial aquella piedra partida en dos, descubierta apenas unos meses atrás, en las Montañas Secas del Oriente; hasta entonces nadie había puesto atención a los agujeros en las piedras negras amontonadas en el pico de la montaña, pero Don Cayetano –gracias a esas cosquillitas que siente debajo de las orejas cuando algo maravilloso se encuentra cerca– los notó.

No descansó hasta romper una de las piedras que, en medio, tenía un túnel lleno de minúsculos granitos de oro. Con mucho trabajo levantó todas las piedras y encontró un agujero en la tierra de donde salían hormiguitas doradas. Los aparatos de ultrasonido mostraron que el hueco llegaba hasta el núcleo del planeta; millones y billones y trillones de hormigas subían y bajaban –despacito porque no tenían prisa– llevando guijarros pequeñísimos de la superficie al centro de la Tierra, y regresaban con granos de oro para darles de comer a sus hijitos. De ahí su nombre de "hormigas gambusinas".

Siguió mirando sus objetos; en la mesita de leer había una cajita de acero reforzado, la abrió y tomó entre sus dedos el topacio rojo que había rescatado del volcán del Archipiélago del Gato, lo tuvo que soltar rápido para no quemarse porque no traía guantes y la piedra preciosa estaba caliente como la lava. Al lado de la cajita estaba su foto con el tigre enano de la selva crepuscular, que sólo come mariposas. Se levantó con la taza de té humeante en la mano y se dirigió a los estantes frente a él, contempló el fruto del Lago Ardiente, que como semillas tiene diamantes, pero si los siembras nacerán guayabos. Dio un sorbo a su té y suspiró, se sentía orgulloso aunque no satisfecho, su curiosidad era insaciable.

Por eso aceptó ir en ese vuelo espacial, nadie mejor que él para ser el tripulante invitado de la tercera misión del Instituto Espacial Terrestre. Don Cayetano fue sometido a todas las pruebas de salud y todos los médicos se asombraron de que, a sus sesenta y un años, tuviera el organismo de un muchacho de diecisiete.

La última frontera, el espacio sideral, lo esperaba para que develara sus misterios.

Dio el último sorbo a su taza de té, al día siguiente emprendería el viaje a la Base Espacial, ahí subiría a la nave que lo llevaría a la Estación Espacial Selene, cargaría combustible y recogería a dos astronautas que lo acompañarían a un viaje de seis años recorriendo el Sistema Solar.

Los primeros meses pasaron sin mayores sobresaltos, Don Cayetano apuntaba todo lo que pasaba en un diario; cómo fue el despegue, lo que comía, cómo dormía, cómo se bañaba y cómo iba al baño, en fin, todas las experiencias de vivir en el espacio, flotando todo el tiempo. También escribía acerca de sus amigos astronautas, Gari y Sara. Eran muy correctos y simpáticos, de alguna manera le recordaban a su papá y a su mamá. Entre los tres tomaban datos y hacían cálculos, cuidaban las plantas de papa y de frijol, tomaban fotografías a través de las ventanillas de la nave y cuidaban que todo estuviera en óptimas condiciones para evitar accidentes. En las noches, Don Cayetano les contaba de sus aventuras, bueno, ahí siempre era de noche, lo hacía antes de que se durmieran, Sara y Gari soñaban con las cosas maravillosas que les narraba.

Así pasaron treinta y cuatro meses, tres días, dieciocho horas con catorce minutos y dos segundos, cuando ese sábado por fin la comezón debajo de sus orejas apareció. Se empujó para flotar hacia una de las ventanillas de la nave, pero la cosquilla desapareció, la nave espacial seguía su rumbo alejándose del lugar donde estaba lo que quería ser descubierto.

Comenzó a ponerse el traje de astronauta para salir, Sara y Gari lo miraban asustados preguntándole qué pasaba, pero Don Cayetano estaba concentrado en ajustarse los tornillos del traje y no contestaba. Abrió la compuerta, y Gari lo enfrentó: «No puedes salir, ¿qué pasa? ¡Dime!».

Sólo alcanzó a responderle: «Hay algo allá»; lo empujó a un lado, salió y cerró la compuerta. Dentro de la nave todo era un revuelo: los gritos de Sara, las alarmas chillando, las luces parpadeando, Gari asomado a la ventanilla jalándose los cabellos. Pero afuera, Don Cayetano iba flotando en el espacio, suave y tranquilo, moviendo sus brazos como si nadara, las arrugas de su sonrisa se podían ver a través del cristal del casco.

Comenzó a propulsarse con el jet que traía en su espalda para dirigirse hacia donde le indicaba su intuición. Se detuvo, el gran descubrimiento estaba frente a él, pero no veía nada extraño. Cerró los ojos para sentir, ¡sí, tenía que ser ahí!, el espacio era igual en todos lados, plagado de estrellas que titilaban sobre un manto negro.

La nave espacial cada vez se veía más chiquita, Don Cayetano suspiró, no le quedaba mucho tiempo, el propulsor no le alcanzaría para volver si tardaba más. Cuando ya iba a regresar, giró la cabeza y por el rabillo del ojo, la vio: una pequeña porción del espacio se veía distorsionada, ondulante, como se ven las piedras bajo el agua en un río. Le picaba mucho debajo de sus orejas pero no se podía rascar, miró la nave todavía más lejos, su curiosidad era insaciable y tomó una decisión. Se impulsó con el jet hacia ese cachito del universo.

De repente su cabeza estaba muy lejos de sus piernas, como si fuera de plastilina y lo hubieran estirado y estirado. Iba girando muy rápido en un túnel de brillantes colores nacarados que lo hacían parpadear, alcanzó a ver sus brazos también alargarse y sacudirse como si fueran de papel, sintió su corazón latir despacito. Vio una luz blanca deslumbrante que le hizo cerrar los ojos y, momentos después, dejó de girar.

Al principio no pudo ajustar la vista, se tocó debajo de las orejas para comprobar que ya no tenía cosquillas, fue ahí que se dio cuenta que no traía puesto el traje de astronauta, y, además, que sus manos eran chiquitas. Se miró las piernas, estaba sentado sobre pasto verde que le picaba en la piel, traía puestos los pantaloncillos cortos de terciopelo verde y los botines de cuero negro que usaba cuando era niño. Levantó la vista, reconoció el jardín de su casa con los rosales a la entrada y la terraza donde descansaban los perros. Todavía no salía de su asombro cuando escuchó a su mamá:

—¡Tano, ven a tomar el té!

Elena Villarreal nació en Monterrey, Nuevo León, hace más de cincuenta años, su mamá le enseñó la melodía de las palabras y su papá a leer entre líneas. Tiene dos hijas y un marido, ha criado varios perros, sembrado algunos árboles y cantado muchas canciones. Cuando era niña aprendió poemas y leyó libros de historias, de fantasía y de ciencia, luego creció y las palabras le brotaron sin control, así que se puso a escribirlas en cuentos y cuentitos. Ha publicado dos libros.

¿Cómo es el mar?

Tere Acosta

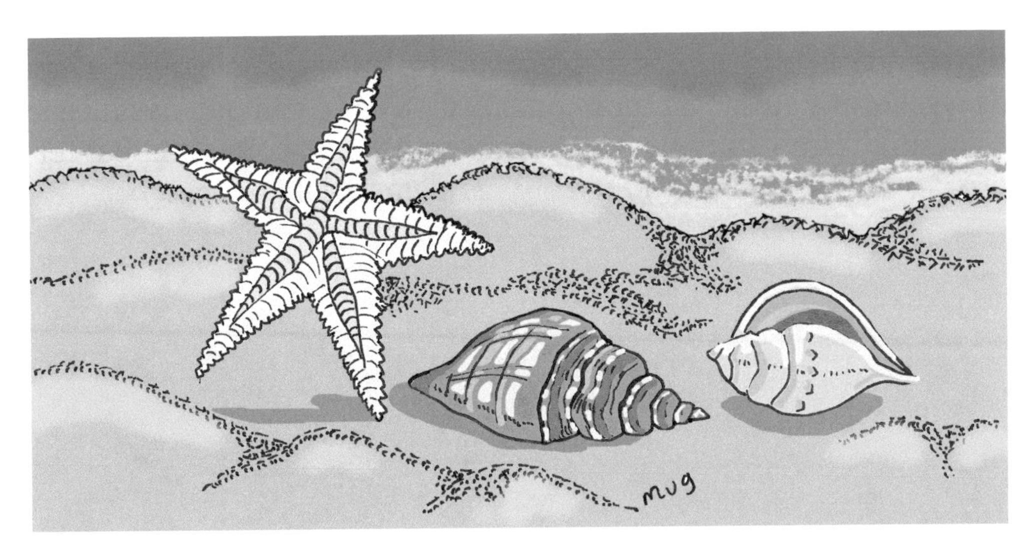

El mar es azul
y a veces verde
con olas de espuma
que golpean fuerte

Se pierde en el cielo
de aves que vuelan
empieza en la orilla
y se va haciendo ondas

Juega en la arena
con conchas y estrellas
a veces tan suave
que parece talco

Y bajo las aguas
juegan los peces
de muchos colores
y también tamaños

Se escucha un ruidito
cual música bella
de sirenas cantando
de olas bailando

Al final de los mares
también hay orillas
más olas y espuma
sonrisas y niñas

Tere Acosta gusta de escribir cuento y poesía para niños y niñas de todos los colores, también escribe sobre su tierra huasteca y mujeres de todo el mundo. En su tiempo libre a Tere le gusta ir a escuelas y bibliotecas a leer cuentos y poesía a los niños, especialmente a los niños azules. Tiene dos muñecas, Pecas y Rosa, algunos conejos y un osito con quienes juega y trabaja poesía, y también tiene un enorme gato negro como una pantera. Ha escrito dos libros: *Cuentos y Lunas* y *El Silencio del Popocatépetl*.

Dos

Mariena Padilla

Soñé que mi perro Dos se convertía en pez-pájaro. Bastó con que se metiera en un arroyo: redujo su tamaño, cambió de forma, aunque conservó sus colores blanco y negro como un pingüino. Enseguida le brotaron alas de plumas grandes, el resto de su cuerpo se cubrió de pequeñas escamas resbaladizas por lo que casi se me escapa. Se zambulló rápido y se escondió en una cueva bajo el agua. Cuando finalmente pude sacarlo permaneció inmóvil; creyéndolo a punto de morir le di respiración boca-pico hasta que reaccionó. Me miró con sus ojos planos de pez y emitió un sonido lastimero, apenas perceptible, que oprimió mi pecho y me convenció de dejarlo en libertad.

Al despertar, mi corazón iba al trote y la almohada estaba húmeda.

Después de a mi mamá, yo quiero a Dos más que a nada en el mundo. Él ama la libertad por sobre todas las cosas. Varias veces ha aprovechado la apertura de una ventana o una reja y a todo correr sale al mundo sin mirar atrás. Mamá y yo hemos tenido que ir tras él, pero él no hace caso a nuestro llamado y corre aún más de prisa. Y ahí vamos, como locas por la calle, tratando de darle alcance. Cuando alguien se le pone enfrente, Dos se detiene para olfatearlo y mover el rabo; así, con ayuda de desconocidos que se atraviesan en su camino, hemos frustrado sus escapatorias.

No sé por qué mi mamá dice que en unos años yo también querré irme de casa, igual que mi perro. No lo creo, yo vivo a gusto aquí. Sin embargo, el miedo a perderlo se me ha metido en la cabeza: si Dos se convirtiera en pez-pájaro jamás podríamos alcanzarlo y traerlo de vuelta a casa. ¿Cómo atraparlo a través del viento o de una corriente de agua? A mí me da tristeza que él no quiera quedarse conmigo y hasta he pensado en dejar que se vaya y sea feliz; luego pienso en los perros callejeros sucios, pulgosos, buscando comida entre la basura, perdidos entre barreras de autos o atropellados. Entonces me convenzo de que la vida en casa no es tan mala, que algún día se acostumbrará y se hará a la idea de ya no fugarse.

Siempre cuido que la puerta y la ventana estén bien cerradas. Cuando un día le sugerí a mamá techar el jardín, ella me miró como si me faltara un tornillo. Por supuesto que nunca llevaré mi perro a un río, al mar o a lago alguno, por más que a mí me gusten los paisajes con agua. Eso sí, diariamente lo monto en la canastilla de mi bici, le abrocho el cinturón de seguridad y vamos al parque, donde corremos juntos. Voy a conseguir una correa tan larga, tan larga que si alguna vez Dos se dispone a volar yo lo sostendré y él podrá pasear por el aire como una cometa.

Mariena Padilla nació con un nombre diferente. Durante largo tiempo desarrolló un oficio para el que creía haber nacido, un invento humano maravilloso y útil –aunque no falta quien crea lo contrario–. Bajo aquel nombre, Mariena pasó muchos años (tantos que ahora parecen demasiados) en las aulas de la universidad enseñando a despejar incógnitas y resolver ecuaciones, entre demás tópicos parecidos. Las cosas no iban mal, pero, así como todo lo que empieza termina (excepto los conjuntos infinitos de números) llegó su jubilación, y con ella el momento de despedirse de las matemáticas. Entonces encontró su nombre actual y un camino lleno también de infinitos: la escritura. Textos de su autoría han sido publicados en antologías de cuento y de poesía: *Poesía en rojo*, 2015; FEIPOL 2016, 2017, 2018; *Tercera Antología de Escritoras Mexicanas*, 2020. *Villa Diodati*, 2020; *AB Animalibus* Vol. 1, 2021; *Voces para soñar, Literatura para niñas y niños en México*, 2022; *Donde caen las máscaras humanas*, 2022; *El poema que le gustaría habitar*, 2022; *La luz que urdimos, Memoria del Encuentro de Escritoras ARKALI 2022*.

Un viaje mágico

Jazmín García Vázquez

Nunca estuvo el sol tan hermoso como el día en que Julieta nació. En la primera foto que le tomaron, su madre aparece acostada junto a ella, sosteniendo su manita y mirándola como si fuera un cachito de esperanza envuelto en una cobija. Victoria siempre contaba que ese día una enfermera del hospital le había regalado el collar que, desde entonces, traía en el cuello. «Es mágico, como la niña que acaba de tener».

Lu, la tía de Julieta, lloró de felicidad y ternura al verla. Pero ésas no son las únicas lágrimas que existen, de hecho, ése es el tipo más extraño de llanto. Las lágrimas más comunes son las que vienen desde la tristeza. "Lágrimas de pena" se llaman, y todos estamos llenos de esa agüita amarga, pero no todos podemos sacarla.

Julieta puede chillar enfrente de las personas, no tiene que esconderse. En cuanto una lágrima se asoma por su rostro sus abuelitos o sus tíos se preocupan y tratan de consolarla.

Victoria llora también, pero eso casi nadie lo sabe. La mamá de Julieta no puede llorar con la misma facilidad, quizá si lo hace no correrán a alegrarla, no le inventarán juegos ni la llevarán a pasear, mucho menos le comprarán cosas.

Que los adultos no puedan desahogarse llorando, es injusto. Lo sé porque esa joven que lloró de felicidad cuando su sobrina nació, ahora, siendo una adulta, no puede evitar sollozar más seguido de lo que quisiera: a veces en la regadera, mientras se baña, a veces en su cama y después tiene que cambiar la almohada empapada de lágrimas. Incluso la abuelita de Julieta llora, cuando los días no alcanzan a tener sol y a ella le llega un sentimiento de melancolía...

Sí, muchos adultos lloran, también los hombres, aunque ellos menos porque la gente se burla. Todos necesitamos sacar esa agüita amarga sin que nos molesten o se rían de nosotros, no importa si eres niño, muchacha, hombre o ancianita.

Los grandes no pueden llorar, y a veces son quienes más lo necesitan porque, pobrecitos... ya no juegan, tienen cada vez menos ratos libres y más responsabilidades. Se tienen que comprar ellos sus cosas y no siempre pueden, pobrecitos... a veces lloran de camino a la casa, mientras cocinan, en el baño del trabajo, cuando salen de la oficina, o en su jardín. Pero casi nadie habla de eso. De hecho, casi nadie dice algo si ve a un adulto llorar, sólo lo miran raro, como si estuviera descompuesto.

Pero bueno, volvamos al cuento. Esta historia ocurre casi nueve años después de aquel día en que Julieta llegó al mundo.

Una tarde en que Victoria y su hija visitaron a Lu, la pequeña llegó muy molesta y le contó a su tía que su mamá le había gritado y hablado feo. Lu se dio cuenta de que Julieta había chillado y un pedacito de su corazón se le cayó, porque amaba a esa niña más que a un millón de estrellas juntas.

Sin preguntar ni siquiera cuál había sido la situación, Lu fue a reclamar. Entró enojada a la habitación donde Victoria estaba y ya se preparaba para gritarle por haber regañado a la niña, cuando al acercarse más a su hermana, notó que temblaba, tenía los ojos encharcados en lágrimas y en su carita asomaba una gran tristeza.

Entonces Lu tuvo una mejor idea, en lugar de seguir cargando nubecitas negras llenas de discusiones, decidió romper aquella cadena de enojo: abrazó a su hermana.

Lu y Victoria permanecieron abrazadas un largo rato, sin darse cuenta de que el tiempo había avanzado, hacia atrás. Al parecer, con el abrazo Lu había apretado el collar mágico de Victoria y, por primera vez, éste funcionó.

Cuando Julieta entró al cuarto para ver por qué Lu tardaba tanto, lo que encontró fue a dos niñas que se miraban sonriendo. Una tenía rizos negros y mejillas de cereza, la otra tenía cabello dorado y piel pálida. Julieta las reconoció de las fotos, ¡eran su mamá y su tía! No podía creerlo. Al acercarse para ver si eran reales, algo aún más increíble pasó: se teletransportó a otro lugar.

Julieta llegó a un salón de clases, no era su escuela ni estaban sus compañeros. Entonces logró reconocer a la niña de rizos y vio cómo otros chiquillos la molestaban. Victoria pequeña lucía muy triste, necesitaba palabras amables. Cuando Julieta se acercó para ayudarla, de nuevo todo a su alrededor se movió y apareció en una casa grande con un árbol gigante en medio del patio. Era la casa donde su mamá había crecido. Victoria pequeña estaba escondida detrás de aquel árbol, escuchando a sus papás discutir, llorando por el dolor que le causaba esa situación.

Julieta fue transportada a distintos lugares en cuestión de minutos: un parque, una azotea, más escuelas, más lugares con gente extraña. En cada lugar al que llegaba encontraba a su mamá de niña, pasando por un mal momento: siendo castigada duramente por un maestro insensible, aguantando groserías de otros niños o regaños feroces de los adultos, peleando con otros pequeños para defender a su hermanita, llorando porque sus papás se habían roto el corazón.

Entonces Julieta comprendió: su mamá había acumulado mucha tristeza y rencor a lo largo de los años, todas esas emociones habían formado un fuego dentro de ella que a veces explotaba, pero no era intencional. Se trataba de un fueguito pequeño que nadie podía ver, a veces crecía demasiado y otras veces parecía sólo un trozo de carbón.

Julieta observó que, a pesar de tener una hermana, Victoria había pasado muchos momentos de soledad y, a su vez, Lu había acumulado un fueguito propio por todo lo que no supo manejar de pequeña. Y si el collar hubiera llevado más lejos a Julieta, hubiera visto que la mamá de su mamá también fue una niña y no siempre había recibido el cariño que merecía, y la mamá de la mamá de su mamá... y así.

Si hubiera visto a su abuelito o a su bisabuelito, a sus tíos de pequeños o a su madrina, a la maestra que a veces la hacía repetir planas o a la señora de la tienda que siempre atendía de malas, descubriría que, en el fondo, seguían siendo niñitos y niñitas con ganas de jugar, mirar las nubes y poder llorar cuando sus emociones lo pidieran, sin tener que reprimir las lágrimas, sin tener que ser criticados.

De repente todo se volvió un torbellino de voces, lugares y rostros.

Cuando Julieta regresó de aquel viaje mágico, se encontró frente a su madre y su tía. Las dos hablaban bajito y parecía como si no pudieran verla. Julieta pensó que ahora el poder del collar la volvía invisible.

—Sé que es difícil, hermana, pero no tienes que desquitarte con ella.

—No quería desquitarme con ella. Es que me dijo algo hiriente, yo sólo quiero ser buena madre y que me diga cosas feas me pone muy mal.

—Sí, las palabras hieren, pero atacar de la misma forma no es la solución. Veme, yo venía dispuesta a pelear contigo, sin ni siquiera pensar en preguntarte cómo estabas. Debemos tratar como queremos ser tratados: con calma y amabilidad.

Julieta recordó lo que le había dicho a su madre y se sintió terrible. Ella sólo le había pedido que hiciera su tarea, y aunque quizá se desesperó rápido y le gritó, Julieta entendió que ella también se había equivocado al herirla con palabras.

—Tu collar —dijo Lu—, se está rompiendo.

Ambas miraron sorprendidas cómo el collar se agrietaba hasta romperse en cachitos.

Voltearon a ver a Julieta, quien quería contarles todo lo que había visto viajando a través del tiempo y el espacio, pero lo más importante y lo primero que se le ocurrió decir fue:

—Perdóname, mamá. No es verdad lo que te dije, te quiero mucho.

Victoria volvió a soltar un par de lagrimitas que de inmediato se limpió. Ahora comprendía que le estaba haciendo mucho daño a su hija hablándole mal o alterándose así, pues podía ocasionar que Julieta creciera con resentimiento o se acostumbrara a los malos tratos.

—Perdóname tú a mí, no debí gritarte. Es que te pedí bien las cosas y no me hiciste caso, pero las dos tenemos que ser más cuidadosas con lo que decimos.

En ese momento entró a la habitación el gatito negro de Lu y comenzó a hacer sonidos y movimientos graciosos.

Algún día Julieta les contaría a sus amigos y familiares sobre el viaje extraordinario que hizo al pasado, sobre la magia del collar y su poder de teletransportarse y hacerse invisible, pero eso sería en otra ocasión, ahora sólo quería jugar y reír con esas dos niñitas que se habían convertido en adultas para cuidarla y quererla, y con aquel gatito, que de ratos la miraba como diciendo: sé que viajaste a través del tiempo, yo también tengo ese poder.

Nunca estuvo el sol tan hermoso como aquel día.

Jazmín García Vázquez nació en el Estado de México, en 1993. Su sueño era ser cantante, pero descubrió que escribe mejor de lo que canta. Desde pequeña le gustaba imaginar historias, las personas se sorprendían porque hablaba mucho, así que decidió ir anotando todo aquello que quería decir: cosas que pensaba, ideas graciosas, preguntas interesantes y aventuras o criaturas fantásticas. Cuando iba en la primaria comenzó a hacer sus propios libros pegando hojas arrancadas de cuadernos; ahora que ya es mayor, se alegra al ver que sus cuentos han sido publicados en libros de verdad. Ha ganado un par de concursos literarios y también se dedica a dar clases. Además de escribir, le gusta leer, dibujar, bailar y ver películas. Actualmente vive con su gato Kobu, quien escribió esta presentación.

Los dinosaurios

En la quietud del desierto
reposa la silenciosa piedra.
Muda testigo del tiempo
esconde los más antiguos secretos.
Pocos lo saben,
muy pocos lo han descubierto,
adentro de cada piedra
hay un dinosaurio durmiendo.

El origen

En el principio todo era silencio y noche.
Del silencio nació la piedra y de la noche el tiempo.
El tiempo labró la piedra en diminutos círculos
para formar el universo.
Labrando a la piedra el tiempo descubrió al fuego
y del fuego al sol.
Del sol brotaron las estrellas y a la más grande le dijo:
"tú te llamarás luna".
Finalmente, del sol y de la luna surgió el día
y del día el resplandor de la vida.
Desde entonces ya nada fue solamente noche.
Desde entonces ya nada volvió a ser silencio.

El origen de las lenguas

La primera palabra fue soplada por el viento,
la segunda crepitó en el fuego,
la tercera relumbró en la boca del relámpago,
con el tronido también se dio a entender el trueno.
Con el zumbido se comunicaron las abejas,
el mosquito, la mosca, el árbol.
La lluvia se dio a entender con líquidos aplausos.
Con el rumor le habló la brisa al mar.
Antes del verbo en la humanidad fue la mirada,
un abrazo, el beso.

Marcos Rodríguez Leija es escritor, periodista, artista audiovisual y músico. Dentro del ámbito infantil se ha dedicado a promover el hábito por la lectura a lo largo del Continente Americano a través de un espectáculo titulado "Canto y Cuento", en el que fusiona la música para niños con la narración oral. Ha trabajado ampliamente con comunidades vulnerables, en varios países. Cuenta con la publicación de un cuento ilustrado para niños titulado "El susto" y otros de sus textos infantiles, incluidos en varias antologías, han sido adaptados al teatro y al teatro guiñol en México y en el extranjero. Entre otros galardones obtuvo el Premio Nacional de Periodismo 2000-2001 y el Premio Estatal de Poesía Juan B. Tijerina 2013.

Una historia de peluche
(Fragmento de novela)

Ethel Krauze

Para Adelina

CAPÍTULO 1

Había una vez un lindo osito de peluche de ojos muy brillantes y moño azul alrededor del cuello, con sus cascabeles en las puntas. Estaba sentado con los brazos cruzados en el último estante de la juguetería, esperando que algún niño lo descubriera. Pero ya nadie lo quería, por eso lo habían puesto en la repisa más alta para que no estorbara. El osito estaba enojado y también triste, lo habían olvidado. Cada vez que suspiraba, un remolinito de polvo se esparcía a su alrededor.

Antes, los osos de peluche eran los juguetes preferidos de los niños, que se peleaban por tener el más bonito. Los había de todos tamaños y colores. Pero los tiempos habían cambiado y ahora nuevos juguetes se habían apoderado de las mentes de los niños, de sus deseos y, por supuesto, de los escaparates de las tiendas.

Turbomanes, supermanes, robopocs, bátmanes, termineitors, jimanes, ninjas, jurásicos, habían iniciado la transición, con sus bocinas, rayos láser, motores y fosforescencias computarizadas. Las niñas berreaban por sus sofisticadas barbis con vestuario de astronauta que hacen pipí y cambian el color del pelo, y sus kents con coches rápidos y furiosos y ojos de centella. El clásico osito de peluche había sido destronado. Por eso, el pobre, estaba a punto de la desesperación, mirando solitario cómo unos niños se arrebataban a lágrima candente la última consola de videojuegos que quedaba en la juguetería.

«No puedo seguir aquí –pensó el osito con el corazón hecho pedazos–, no tengo niño ni niña con quién jugar. Este sitio ya no es para mí. Debe haber en el mundo algún lugar donde yo pueda volver a sentirme en mi hogar».

Juntando todas sus fuerzas, el osito de peluche dio un brinco hasta el suelo y corrió sofocándose hacia la salida. «Nadie me vio», se dijo con alivio. Pero luego rectificó apesadumbrado. «Lo que pasa es que ya nadie me ve». Y una dulce lágrima le brotó de los ojos y se deslizó por todo su peluche hasta formar un gusanito de agua en plena avenida de la ciudad.

—Y ahora qué voy a hacer –dijo el osito en voz alta, contemplando con susto el bullicio de automóviles y la prisa de la gente que amenazaba con empujarlo y hasta aplastarlo contra la pared.

Por fin decidió preguntarle a una señora que parecía de las abuelitas que él recordaba de tiempos remotos, con sus cabellos blancos y su palo lento y noble.

—Señora, ¿sabe usted dónde puedo encontrar un lugar para mí?

—¿Para ti? –dijo la señora, deteniéndose a enfocarlo tras sus gruesos lentes–, a ver hijo, ¿quién eres tú?

—¡Un osito!

—Ah, un osito... Bueno, yo creo que en el Polo Norte, hijo. Allí es donde viven los osos.

—¿El Polo Norte? –repitió el osito–. ¿Y sabe usted cómo llegar allí?

—Pues... ay, hijo, mejor pregunta en una agencia de viajes. Mira, allá enfrente hay una. Ten cuidado al cruzar la calle, acuérdate que hay muchos locos al volante.

—Gracias, señora –dijo el osito y se dispuso a esperar en la esquina, con la muchedumbre, para pasar la calle.

Hizo varios intentos en vano, porque más que tratar de cruzar, debía defenderse del gentío que se abalanzaba al cambio de luz en el semáforo. Raspado y magullado, volvió con la abuelita, que apenas había dado unos pasos más en su lento trayecto.

—Mire lo que me hicieron, señora, ¿no podría irme con usted? –le dijo sobándose los moretones.

—Yo vivo en otro cuento, hijo, como te darás cuenta, éste tampoco es mi hogar. ¡Uf!, apenas puedo con tanto esmog y tanto ruido... –respondió tosiendo, la abuelita.

—¿En otro cuento?

—Sí, en uno de los cuentos clásicos para niños. ¿Te acuerdas qué bonitos eran? ¡Con sus bosques de pinos, sus caperucitas!, y no faltaba tampoco el lobo feroz para espantar un poco, pero al final todo se resolvía y los niños quedaban felices.

—¿Y las niñas?

—Ay, hijo, antes bastaba decir "los niños" y se entendía muy bien que también las niñas. Eran otros tiempos...

—Sí, qué bonitos cuentos... –suspiró el osito de peluche–, a mí también me gustaban mucho, pero si vive en uno de ellos, ¿cómo es que está aquí conmigo?

—Ah... vine porque me necesitabas. A ver, te voy a ayudar, trépate a mi espalda y agárrate bien de mi cuello. Pero rápido, porque ya tengo que regresar a mi propia historia, el lobo feroz está a punto de llegar disfrazado de niña bonita a mi cabaña en el bosque. ¡El muy tramposo cree que puede engañarme!

—¡Sí, rápido! –dijo el osito sin pensarlo y se encaramó sobre la abuelita.

Entonces, la abuelita llegó a la esquina haciendo una seña con la mano para detener la escena. En ese momento, los automóviles y la gente quedaron congelados en el tiempo, como cuando oprimes el botón de pausa en un video de tu celular: ¡pam!, todos inmóviles. Menos la abuelita y el osito de peluche, que así pudieron cruzar tranquilamente la avenida.

—Ésta es la agencia de viajes, yo tengo que despedirme, hijo, que tengas suerte –dijo la abuelita y le dio un cariñoso beso al osito de peluche. Ya se iba cuando se acordó que debía descongelar la escena–. ¡De veras! –exclamó–. Ya iba a dejar tiesos a estos pobres para siempre... ¡Ay qué memoria la mía!

Sonrió para sí y, sin volver la vista, chasqueó los dedos y ¡pam!, otra vez: como cuando le quitas la pausa, todos vuelven a moverse sin que se hubieran dado cuenta de lo que había pasado. Hasta el perro que se había quedado con la pata levantada para hacer pipí, terminó su hazaña, quitado de la pena, y se alejó ladrando alegremente.

El osito pensó que a él también le gustaría pertenecer a otro cuento, pero como no era así, él tendría que crear el suyo propio. «Bueno, pues, tengo que empezar por el Polo Norte», se dijo, resignado, y entró en la agencia de viajes.

Una mujer muy atareada le dijo, sin verlo, que tomara su ficha y esperara su turno. Le tocó el número 84 y apenas iban en el 17. Se sentó en un sillón a esperar durante tres horas y media. Vocearon su número cuando ya se estaba quedando dormidito, bien acurrucado entre los pliegues del sillón. Se desperezó y llegó al cubículo que le correspondía.

—Quiero viajar al Polo Norte –dijo muy firmemente.

—Clase Premier, ejecutiva o turista –respondió, sin verlo, la recepcionista que tecleaba en la computadora.

El osito no supo qué contestar.

—¿Paga con tarjeta internacional de crédito, de débito, dólares, moneda nacional, cheque personal o empresarial, transferencia bancaria?

Tampoco supo qué contestar el osito, y se rascó el peluche del cráneo que se le estaba empezando a calentar.

—¿Quiere reservación de hotel, renta de automóvil, traslados aeropuerto-hotel-aeropuerto, seguro de viaje?

El osito abría mucho los ojos. La recepcionista seguía tecleando.

—Hay una oferta por hoy en tarifa Q, no reembolsable ni endosable ni acumulable, sujeta a cambios sin previo aviso. Ah, y se aplican restricciones según disponibilidad. ¿La toma?

El osito lanzó un suspiro muy agitado, que la mujer interpretó como una contundente afirmación.

—Aquí está su boleto de avión, asiento E8, ventanilla, sale hoy 21:38 horas, el cupón del impuesto de aeropuerto, impuesto al valor agregado e impuesto ciudadano. Si requiere factura, favor de anotar su número de registro federal de causantes. Firme por favor. –Y le extendió un papel y pluma.

El osito dijo que sí a todo. Pero cuando estaba a punto de firmar, se acordó que todavía no tenía nombre, porque ningún niño le había puesto uno. Se sintió realmente miserable. Pero sacó fuerzas de herido orgullo y firmó simplemente: "Osito de Peluche".

—Gracias, buen viaje. ¡Que pase el que sigue! –exclamó la recepcionista, sin verlo.

El osito salió con su boleto en la mano, dispuesto a llegar al aeropuerto.

El antifaz de mi hermana

Ángeles Nava

Mi hermana usa un antifaz y eso la hace lucir diferente del resto de los niños. Otras personas también tienen hermanas: mi mamá tiene una hermana, mi tía tiene una hermana y mis amigas tienen hermanas, pero no llevan un antifaz. Mi hermana lo lleva todo el tiempo y dice mi mamá que lo traerá por siempre.

A veces pienso que eso es malo y, aun cuando veo a mi hermana feliz, pienso en cómo se sentirá al llevarlo en todo momento; y en la gente, que a veces la observa con miedo o con curiosidad. Al parecer, por culpa de ese trozo de tela adherido a su piel, no alcanzan a percibir su belleza. Ella es muy parecida a mí y a mi familia: su cabello guarda hermosos brillos dorados y lacios, sus ojos contienen la miel más dulce y su boca es una fresa jugosa y rebosante de sonidos celestiales. A ella le gustan las piñatas, los dulces, las muñecas y sonríe con una intensidad extraordinaria.

Antes yo soñaba con su rostro libre, pero ya no. Entendí que sólo eran mis deseos acumulados en el manto nocturno de las estrellas, y algunos de ellos, debido a fuerzas muy poderosas, no se cumplen. El antifaz existe como una mancha atentando contra ella, contra mí y contra nuestra familia. Pero mamá dice que, aunque la vida es maravillosa, no es perfecta, lo que no debe faltar es tenernos, ayudarnos, amarnos y reconocer el milagro de la vida. Cuando la escucho hablar, siento más ganas de proteger a mi hermana, de estar para ella eternamente, aun cuando no sea fácil y mi camino sea muy distinto.

Con los años, he llegado a ver otros niños con antifaces mucho más grandes, oscuros y pesados. También he aprendido a agudizar la mirada y ahora puedo atravesar el antifaz como si fuera transparente. Dentro de mí, atesoro ese gran secreto: es como si el antifaz no estuviera. De hecho, ¿acaso existe?

Ángeles Nava: Soy originaria de Tampico, donde juego con palabras que recolecto del océano. Soy Licenciada en Administración, pero mi profesión más importante ha sido ser madre de tres hermosas princesas. Cuento con dos obras publicadas, donde te platico cómo hago una tierra líquida, cómo dibujo siluetas en la arena y analizo los colores del arcoíris. He ganado algunos concursos que me han enseñado que las letras siempre te obsequian un camino de soles y estrellas.

Fidencio el moscardón

Edgard Cardoza Bravo

Para mis nietas Valentina y Sofía

Fidencio el moscardón entró por la ventana abierta de la cocina, se posó en la cortina percudida, y observó por unos dos o tres segundos a la señora Morgan.

Su naturaleza hiperactiva no le concedió más tiempo sobre la superficie de la tela y marchó más que pronto a “ronronear” –sello de la familia– alrededor de la cara rechoncha de la señora Morgan.

Ansiosa, la mujer movió arrebatadamente sus manos en pos del bicho alado, mas lo único que logró fue enardecerlo: el moscardón se le paró en la frente y tremoló aún más fuerte como en actitud de burla. La obesa dama sacudió repetidamente la cabeza, ya exasperada.

«Animal del demonio», expelió con su voz gutural la señora Morgan.

El rebote del ronco zumbido en el gong de las orejas de la fémina actuaban como un masaje placentero sobre el ser moscuno de Fidencio. «La música de la mosca», pensó, si es que las moscas piensan. Pero seguramente debió haber sido algo muy similar al acto de reflexión de los humanos. «¿Será cierto aquello de que las primeras moscas llegaron de Moscú?», también pensó.

Cuando el insecto se retiró un poco de su cara, la mujeruca agarró un trapo de cocina, con intenciones letales, y a punto estuvo de alcanzarlo. El moscardón se replegó hacia la pared oeste de la cocina, temeroso, ahora sí, de que un nuevo embate de la gorda acabara definitivamente con su latosa existencia.

Fue aquella sensación de peligro inminente la que lo hizo volar apurado hasta la habitación ubicada en el otro extremo de la casa. «Casi, casi. Por un pelito de mosca», caviló irónico.

Entendió, pues, que no debía retar más a su suerte, y olvidándose de aquella señorona con nulo sentido del humor, comenzó a trazar círculos repetidos y zumbones alrededor de la sugestiva lámpara de noche (de pantalla translúcida con rebordes gris perla) que por motivos desconocidos se encontraba aún encendida a esas horas avanzadas de la mañana, igual que el foco principal de la misma habitación.

Fidencio el moscardón se detuvo curioso sobre la pantalla de la lámpara de noche. Hurgó en su interior nimbado, cálido, placenteramente rugoso. De pronto divisó en el otro extremo del artilugio (sobre el perfil exterior de la pantalla) algo así como otro insecto de idénticas características a las suyas, pero superior en tamaño, ejecutando exactamente sus mismos movimientos.

«Y esta moscarda de dónde apareció?», pensó. Por extrañas y alimañescas razones que no tiene caso indagar, Fidencio le acababa de endilgar, sin más, la categoría de hembra a su misteriosa y reciente compañera de lámpara. «Debo ser cauto, amable, formal, tal y como corresponde a mi educación de moscardón de zahúrda», reflexionó. «Pero sobre todo no debo demostrar el interés de macho alfa que me corroe».

—¿Quién eres, bella damisela? ¿Por qué imitas mis movimientos como si te burlaras? –expresó en tono claro, conciso, modulado. No obtuvo respuesta alguna–. Contéstame, por favor. Sólo quiero ser tu amigo. No me enoja que me imites, es más: me halaga que lo hagas –apuntó en voz más alta. La respuesta tampoco llegó.

«Debo acercarme. Es probable que no me escuche», pensó.

Fidencio el moscardón allanó el brevísimo trayecto hasta posarse en el otro extremo de la lámpara, muy cerca de donde se suponía debiera estar su "varona del cuento". Digo, se suponía, y debiera, porque la destinataria de su fallido diálogo ya no se percibía en el mismo lugar. Es más, ya no se veía por ningún lado.

—Mosquita, moscardita, amiga, no te espantes, sólo quiero ser tu amigo –exclamó inútilmente.

Y aparece, ahora sí, ENOJADA en serio, la señora Morgan:

—¿Quién fregaos deja tanto foco encendido en pleno día cómo si la luz la regalaran? –gritó fúrica.

CLICK / CLICK. La señora Morgan apagó, entre improperios que no tiene caso repetir, los dos focos encendidos de aquella habitación.

Era el pleno y rebosante día, recordemos. Pero Fidencio sintió que todas las sombras posibles lo invadían: había perdido, así, en un click (bueno, en dos), la compañera que precisaba para surcar su breve vida.

Nunca supo, Fidencio el moscardón, que lo único que había perdido aquella aciaga mañana, era su sombra.

Edgard Cardoza Bravo Dirigió el suplemento Vozquemadura del diario *El Centro*. Obtuvo el Premio Nacional de Poesía Gral. Francisco J. Mújica 1985, el Premio de Poesía Expofresas 1990, el Premio de Poesía Cutzi de Assi 1997 y el Premio Fundación Artistas Guanajuatenses AC 2007; y Menciones honoríficas en el V Premio Nacional de Poesía Efraín Huerta (1993), Premio León (1993), Premio Nacional de Poesía VI Juegos Trigales del Valle del Yaqui (1997), y Premio Internacional de Poesía Rubén Darío 2011. Es autor, entre otros libros, de los poemarios *De esta bruma nacerá el olvido, El prisma los colores, El cielo en el abismo, El sueño de los monos verdes, Memoria del durmiente, Ciudad del mundo / ciudad del alma, Pez murciélago, Como crujir de rama seca, Ojos de colibrí* y *Ciudades distantes*; ha participado en las antologías colectivas de poesía, *Reunión, Premio León 93, El país de las siete luminarias, 38 poetas guanajuatenses, La tentación de Orfeo* y *Las avenidas del cielo.*

Látigo Negro

Carmen Campuzano

Dedico este relato, con todo mi amor, a mi hija Abril. A todas las niñas y niños del mundo para que nunca olviden que en su interior habitan la fuerza y el valor para enfrentar los miedos. Para que nunca callemos lo que nos asusta y nos duele.

En mi primera infancia solía pasar las mañanas explorando el jardín de mi mamá después del desayuno, mientras mis tres hermanas mayores estaban en la escuela y mi hermano menor permanecía dormido gran parte del tiempo.

Me sentía libre y feliz internándome entre los grandes helechos, espárragos, geranios y el pollo morado. Mi madre lavaba la ropa en una tina gigante y yo metía las manos, maravillada con la espuma tejida de diminutas esferas transparentes que explotaban o se acomodaban caprichosas sobre la blanca ropa que, después, sería expuesta en los tendederos del patio de la vecindad, como grandes lienzos que esperan ser intervenidos.

Movidas por el viento, las sábanas me reflejaban gigante a contraluz del sol, yo corría en laberintos, escondía y encontraba mi propia sombra. Aspiraba el rico olor a limpio, como quien descubre un tesoro y decide guardarlo en la memoria de los sentidos. Mi mamá le dedicaba especial atención a su jardín, a pesar de tener tantos quehaceres, la observaba compartiendo coditos de sus plantas a las vecinas. Nunca me impidió que jugara en él y se lo invadiera.

Aquí en el corazón quedaron, para siempre, los recovecos que yo hacía en la tierra para llenarlos con agua y meter lombrices y cochinillas que se hacían bolita para protegerse. Las cazuelitas de barro que improvisaba con mis regordetas manos, las hojas y flores que molía sobre una piedra para darles de comer a las catarinas que me encantaba colocar sobre mis piernas para sentir las cosquillas de sus patas.

Caminos construidos para que corriera el agua de las macetas, piedrecillas que disponía y alineaba en caprichosas formas que conducían hacia pasadizos secretos bajo las colgantes plantas. Tirada de panza, embelesada en ese mundo mágico, haciendo preguntas a mi madre o simplemente observando. A veces me quedaba dormida y despertaba con el calor del sol sobre mi rostro, entonces abría los ojos y observaba el cielo, otro mundo en donde inventaba historias con las nubes.

Allí en ese patio donde mi niñez se colgó cientos de veces de las nobles ramas del olivo, sembrado justo al centro de la vecindad ¡como premio, regalo, bendición de nuestras maravillosas horas de juego, de regocijo, de ocio contemplativo!, donde ser testigos del desprendimiento de las aceitunas y observar en cámara lenta su caída a la tierra o a la pileta de los lavaderos era motivo de eufóricos gritos, de aplausos y de baile. Las aceitunas que periódicamente eran repartidas, ya curtidas y almacenadas en frascos, por la dueña de la vecindad, doña Elena, ¡un ser extraordinario, quien de puerta en puerta y con una sonrisa entregaba a sus inquilinas el tesoro verde!

En la pileta de los lavaderos donde mujeres compartían el jabón y sus sueños, anécdotas y preocupaciones. Nos bañábamos en verano todos los chiquillos de la vecindad, haciendo tremendo escándalo por el chorro de agua de la manguera que era dirigido a nuestras espaldas por la señora en turno de lavar la pileta y que, divertida, reía a carcajadas.

Conforme fui creciendo, el espacio de juego se expandió, ya no sólo jugaba en el jardín de mi madre, que estaba justo a un lado de la puerta de nuestra casa con una gran ventana, desde donde mi madre me vigilaba sin que me enterara. Ya no era sólo el patio inmediato de la vecindad de la pileta y el olivo, mi universo lúdico. Mi hermano menor ya tenía cuatro años y yo cinco. Ambos teníamos permiso para juntos explorar en los patios de las casas de abajo, al lado de la pandilla de chiquillos que aún no iban a la escuela.

Hasta los siete años, fui una especie de niña salvaje. Corría descalza con el cabello al viento por toda la vecindad. No me gustaba que mi mamá me hiciera trenzas como a mis hermanas mayores, por lo que tuvo que cortármelo cuando entré a la escuela.

Mientras, mis hermanas continuaron asistiendo a la escuelita particular del profesor Epifanio, que estaba en la puerta de la vecindad, porque no alcanzaron lugar en la de gobierno y mis papás ya no tenían recursos para pagar cuatro colegiaturas, por lo que tendría que abrir brecha en la familia asistiendo sola a la escuela de gobierno, sin mis amigos de la vecindad, ya que ellos sólo alcanzaron turno de la tarde y yo en la mañana.

Aunque me entusiasmaba la nueva aventura, sentía una especie de destierro. ¡Se acabaron las mañanas de juego y exploración, se acabó el tiempo a solas junto a mi mamá!

Sabía que no tenía por qué sentir miedo, pues estaba acostumbrada a explorar el barranco que era una extensión del patio de la vecindad donde jugábamos todos los niños. Pero salir por primera vez a terreno desconocido, sola, era diferente.

Mi mamá estaba embarazada y pronto nacería mi nuevo hermanito. Recién había tenido un accidente y no se sentía bien para ir y regresar caminando todos los días llevando a mi hermano Beto con ella, y mi papá no podía llevarme porque entraba muy temprano a trabajar. Así es que yo debía ser valiente.

Mi mamá me llevó a inscribirme para que aprendiera el camino y, también, el primer día de clases, para cerciorarse de que lo había memorizado, confiando además en que seguiría a todos los niños que iban por el mismo rumbo a la escuela. Me mostró el camino, eran cuatro cuadras en zigzag con una empinada cuesta de regreso. Me dijo: *Mira, hija, vete pegadita a las bardas y mantente cerca del grupo de niños, no te detengas para nada y no te acerques a ningún carro, ni le hagas caso a nadie aunque te hable. Si algo se te ofrece, llegas con la señora de La Morenita o La Balanza y les pides auxilio, ellas ya saben que eres mi hija* (La Morenita y La Balanza eran dos tiendas de abarrotes). Me dio la bendición y un beso.

Era septiembre y hacía mucho frío, mi mamá me confeccionó una capa de terciopelo negro muy grueso, con capucha y bolsas donde calentar mis manos, la adornó con estambre morado en las orillas y le puso dos motas al frente en el cuello. Además, me hizo un morral del mismo material, para que cargara mis libros.

¡Me sentía tan orgullosa con mi nuevo atuendo que llegué al salón de clases muy emocionada! Mi maestra, María Luisa Guevara, que usaba un perfume que olía a bombón, me recibió con una gran sonrisa diciendo: *¡Qué bonita tu capa!* Contesté feliz: *Me la hizo mi mamá.* Al instante se escucharon carcajadas de mis compañeros, la maestra los reprendió y contuvieron la risa cubriéndose la boca.

No entendía qué les provoca burlarse.

Esa capa que mi mamá me había confeccionado con tanto amor y dedicación, y la que ahora portaba con orgullo, era motivo de burla y no lo entendía, todo eso era nuevo para mí. Por primera vez alguien se burlaba por mi forma de vestir. En la vecindad solíamos andar descalzos o con zapatos rotos para jugar. Los domingos o cuando íbamos a una piñata nos poníamos nuestro atuendo elegante.

De regreso a casa me dispuse a seguir las instrucciones de mi madre al pie de la letra, pero desde la primera cuadra, un grupo de niños empezó a seguirme y a gritarme en coro: *¡Ahí va Látigo Negro! ¡Ahí va Látigo Negro!* Haciendo alusión al personaje justiciero que aparecía en una serie de televisión y que portaba una capa negra y su látigo.

Mi reacción inmediata fue correr lo más rápido que pude, como era buena en eso, pronto los dejé atrás y llegué a mi casa feliz de haberlos librado. Le platiqué a mi mamá el suceso y ella me aconsejó que no les hiciera caso, me dijo: *Lo que pasa es que tienen envidia porque a ellos no les hace nada su mamá. Pero si siguen molestándote me dices para ir a hablar con la maestra.*

No tenía en casa un abrigo en buenas condiciones para llevar a la escuela por lo que esa prenda me acompañaría todo el invierno de mi primer año. Los siguientes días se repitieron igual, pero no quería que mi mamá fuera a la escuela porque sabía que no se sentía bien y me cansé de huir.

Empecé a ensayar frente al espejo, miradas retadoras y gestos serios. La siguiente vez que me persiguieron tres niños, gritando su burla, me detuve frente a ellos sosteniendo la mirada y poniendo mis manos en la cintura les dije: *¡Sí soy Látigo Negro! ¿Y qué?* Me di cuenta que era más alta que ellos y que estaban asustados, porque bajaron la mirada y se fueron corriendo sin decir una sola palabra. Acababa de descubrir que ya no tenía miedo. Que además de los niños de mi vecindad, podía encontrar amigos en la escuela, pero también niños que no lo eran y de los que me tenía que defender.

Escuela Primaria Matutina Vicente Guerrero. Tijuana, B.C. México. Septiembre de 1968.

Carmen Campuzano: Artista visual, dibujante de palabras. Aprendió a jugar con lodo en el patio de una vecindad de la colonia Guerrero. Disfrutaba hacer muñecas de papel y vestirlas del mismo material, elaborar sus juguetes con pedacería de madera, del taller de carpintería de su padre El maestro caoba. Era feliz escuchando los relatos de su Madre que, de tarde en tarde les regalaba, mientras preparaba sus deliciosos guisos. Tuvo un cuaderno secreto en donde plasmaba sus sueños de niña-adolescente. ¡Cree firmemente en las bondades del arte! Ha impartido Talleres en Casas Hogar y Orfelinatos y publicó el cuento "Mascotas Fantásticas" ilustrado con trabajos de ellos. También trabajó con niños invidentes y débiles visuales y escribió las memorias de este taller. Y con niños del Centro de Atención Múltiple. Todos hicieron muchas exposiciones en museos y galerías donde la gente pudo ver sus maravillosas obras y fueron felices.

Campo de fresas

Piedad Esther González

¡Qué ricas fresas
fui a cosechar!
Aunque quisiera ocultarlo
mis mejillas me delatan.

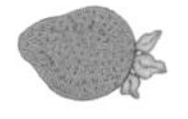

Cosechaba y comía,
cosechaba y comía.

Ácidas y sabrosas,
de rojo me manchan la cara.

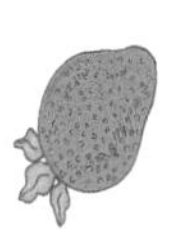

Piedad Esther González. Este poema lo escribió una abuela para que te diviertas cuando lo leas. Ella usa lentes para leer el mundo. Es una traviesa, pues le gusta jugar con las vocales y las consonantes. Toma las letras y las avienta hacia el cielo para ver después qué palabras formaron y enseñárselas a sus nietos. Saludos.

El cuidador de unicornios

Dianais García Reyes

En una pequeña aldea, en las afueras de la ciudad, vivía un campesino llamado Juan. Era una aldea pintoresca con habitantes cercanos y unidos. Desde niño, Juan había soñado con tener su propio huerto y criar todo tipo de animales. Cuando cumplió la mayoría de edad, compró una pequeña finca y comenzó a trabajar en ella todos los días. Pero, aunque era un gran trabajador y tenía un huerto próspero, lo que realmente le hacía feliz era cuidar de los unicornios. Estos hermosos animales eran muy raros y difíciles de encontrar, pero él había tenido la suerte de descubrir un pequeño rebaño que vivía en un bosque encantado, cercano. Desde entonces, había dedicado todo su tiempo a protegerlos e inclusive había adoptado algunos en su finca.

Juan se despertaba cada mañana temprano para ir al campo a recoger frutas y verduras frescas que daría de comer a los unicornios. Aunque a veces se sintiera un poco solo, se alegraba de poder ayudar a estos hermosos y mágicos animales.

Un día, mientras estaba recolectando duraznos en el bosque, el campesino se encontró con un niño llamado Teo, nunca había visto a este niño ni escuchado su nombre. Esto era porque Teo había extraviado a su familia en un terremoto y había sido acogido por un caporal que vivía en la aldea cercana, que le obligaba a cuidar de sus ovejas. Aún con la dificultad de adaptarse a su nueva vida, había encontrado un poco de paz en el bosque encantado, donde podía jugar y explorar.

Teo había oído historias de un campesino solitario que alimentaba unicornios y quería conocerlo. Caminando por el bosque, ese día, se topó con este hombre de mediana edad sentado en el suelo, junto a una pila de heno, recolectando duraznos.

Se acercó a él.

—Hola, señor campesino, mi nombre es Teo, ¿y el suyo?

—Me llamo Juan –dijo el hombre.

—¿Puedo ayudarle?

Juan, con una amplia sonrisa, le dijo que siempre estaba dispuesto a tener compañía. Pronto se dio cuenta de que Teo era un niño muy curioso

—¿Quieres ayudarme a recolectar duraznos y zanahorias?

Teo aceptó con gusto.

—Sí, por supuesto que sí. –Y se imaginó alimentando a los hermosos unicornios blancos que habitaban en el bosque encantado, a quienes les gustan los duraznos y las zanahorias.

Mientras caminaban por el bosque, Juan le contó a Teo sobre su vida como campesino, y cómo había llegado a ser el cuidador de los unicornios. Teo escuchó atentamente y se dio cuenta de que era un hombre sabio y amable.

Juan también contó que cada unicornio tenía un cuerno de color diferente o, bien, una combinación, y que el color de cada cuerno iba de acuerdo con el temperamento y personalidad del unicornio; los más alegres portaban cuernos de un tono brillante: verdes, azules, rosas, morados, amarillos... ¡incluso arcoíris! Los que se encontraban tristes, sus cuernos eran transparentes; y los más gruñones tenían cuernos color rojo con naranja; cada cuerno de un color, pero todos ellos preciosos.

—¡Ah, pero no desde siempre los unicornios tienen cuernos de colores! –dijo Juan a Teo–, cuando nacen no tienen cuernos y cuando son pequeños tienen cuernos muy blancos, estos son cuernos de leche, que cuando crecen se les caen y brotan luego los cuernos de color. Otra cosa especial que debes saber, Teo, los unicornios son especies animales mágicas, invisibles, a menos que te elijan su amigo; sólo entonces podrás verlos.

Llegando a la finca se pusieron a cultivar diversos tipos de verduras y hortalizas, como papa, zanahoria, lechuga y tomate.

Habían terminado de sembrar cuando Teo espetó:
—Señor, y ¿hoy podré ver a los unicornios?
—No, Teo, aún no; todavía debes aprender sobre ellos. Ven mañana temprano al bosque, y te explicaré más sobre estos magníficos animales, cómo cuidarlos, cómo alimentarlos, así como a los demás animales que hay en la granja.
El niño se fue corriendo y le devolvió una sonrisa a Juan.
—Mañana nos vemos, sin falta, señor.

A la mañana siguiente el niño Teo llegó con los ojos llorosos y con moretones en las manos.
—Ayer el caporal con el que vivo me pegó con el tirapié porque se me perdió una oveja mientras las pastoreaba. Los ayudantes se ríen de mí, dicen que soy un pequeño bobo. Y casi no me dan de comer. Por la mañana recibo un trozo de pan; a mediodía, papilla de sobras de comida y por la noche, otra vez pan, mientras los patrones comen carne y sopa de verduras. Me obligan a dormir en el gallinero y no puedo ni cerrar los ojos porque las gallinas cacarean desde muy temprano. Señor, por favor, déjeme quedarme con usted en la finca, ya no soporto más.
Juan, que además de cuidador de unicornios, también era un mago, le dijo:
—Bien, Teo, tengo que resguardarte de esas personas malvadas. Te daré una pócima encantada. Ante mis ojos seguirás siendo un niño; ante los de aquéllos que tengan un corazón bondadoso, un unicornio; y ante los malvados, un ser invisible. El hechizo desaparecerá cuando por fin encuentres a tus padres.
Teo asintió con la cabeza:
—Sí, señor, deme a beber esa pócima.
Teo se miró en el agua de un río y vio que era un hermoso unicornio, con un blanquísimo cuerno de leche. Alegre, se fue trotando hacia el pueblo, ¡por fin era libre!

Varias horas después regresó con Juan.

—Pero ¿dónde has estado?

—He estado jugando –respondió.

—Vamos, Teo, volvamos a la finca, hay algo que te quiero contar sobre cómo relacionarte con los unicornios. Para que los animales te tengan confianza, ya que ahora eres un unicornio, tendrás que acariciarles con tu cara sobre su cuello, así sentirán el amor que se alberga en tu corazón, en especial los unicornios. Te explicaré cómo acariciar a un unicornio: antes de acariciarlo, ten en cuenta que el acercamiento debe ser muy lento. Si hacemos algún movimiento brusco, lo más probable es que se asuste y salga corriendo. También puede darse el caso de que nos suelte una coz e, incluso,

un mordisco en defensa propia al vernos como una amenaza. Una vez que nos hemos acercado, lentamente, lo suficiente para llegar a tocarlo...

—Muy lenta, lentamente.

—Sí, Teo, muy, muy lentamente. El siguiente paso es dejar que el unicornio nos huela. Le puedes enseñar una de tus patas delanteras, que vea que no vamos a herirle y que tenemos buenas intenciones. Mediante el olor, al igual que los perros, los unicornios nos identificarán y poco a poco iremos ganándonos su confianza. Una vez que el unicornio ya nos ha reconocido mediante el olor, procedemos a acariciar por la zona del cuello, que suele ser la que más les gusta. Una vez establecida la amistad, puedes ladear la crin desde lejos en señal de saludo. Con esta enseñanza ya estás casi listo para conocerlos.

Teo exclamó, feliz:

—*¡Yoroley jiju!*

Después de contarle todo sobre los unicornios, Juan le mostró su casa.

—Mira, éste es tu cuarto, hay un cajón grande para que coloques tus cosas y hay también una cama cómoda, y junto a ella una ventana desde donde se puede ver el establo.

—¿Podré ver desde aquí a los unicornios?

—Sí, cuando estés listo.

Por la mañana de un día soleado, Juan llevó a Teo hacia el corral redondo de la finca, le puso las manos sobre los ojos y luego las quitó, espolvoreándose una gran cantidad de polvo mágico.

—¿Puedes ver a los unicornios, Teo?

—Sí, sí puedo ver a cada uno de ellos. –Frente a él estaban los más hermosos unicornios, con los cuernos más coloridos y brillantes–. Y entre una risilla de alegría dijo–: Oh, sus cuerpos blancos brillan ante la luz del sol y sus cuernos se vuelven tornasoles.

—Te enseñaré desde este momento a cuidarlos, y cuando seas nuevamente un niño, a cabalgar.

Teo quedó encantado y pronto se convirtió en el mejor ayudante de Juan. Juntos, pasaron horas paseando por el bosque y cuidando de los unicornios.

Aunque Juan seguía siendo un hombre solitario, ahora tenía a Teo como su nieto, amigo y compañero, y eso le hacía muy feliz. ¡Y así es como una amistad inesperada los había llevado a una vida más plena!

El tiempo fortaleció su cariño. Aunque eran muy diferentes en edad y en la vida que llevaban, compartían una gran pasión por los unicornios y por la naturaleza.

Un día, mientras paseaban por el bosque encantado, encontraron un unicornio herido. A pesar de su temor, Juan no dudó en ayudar al animal y lo llevó al establo para cuidarlo; ahí enseñó a Teo cómo hacer vendajes y preparar medicinas a base de plantas que crecían en el mismo bosque.

El unicornio se recuperó y se convirtió en uno de los más queridos del rebaño. Lo nombraron Destello.

Juan enseñó a Teo todo lo que sabía sobre la agricultura y el cuidado de los animales, y Teo le mostró a Juan cómo explorar y divertirse en el bosque. Aunque siempre extrañaba a su familia perdida, Teo se sintió agradecido por tener a Juan como su abuelo, amigo y mentor. Juntos vivieron muchas aventuras en el bosque encantado y cuidaron de los unicornios. Ya no sólo cuidaban a los de la finca, sino a todos los unicornios del bosque.

Una hermosa mañana soleada, cubierta por un gran arcoíris, Teo se dirigía del pueblo al bosque encantado, cuando escuchó unas voces familiares.

—¿Mamá y papá...? –Esbozo de alegría.

Al voltear vio a sus padres entregando volantes a los granjeros, sobre su hijo desaparecido.

—¡Mamá!, ¡papá, aquí estoy!
Sus padres se abalanzaron hacia él.
—Hijo adorado... ¡estás vivo!
Después de un larguísimo abrazo, sus papás le contaron que tras el terremoto los habían trasladado en una ambulancia al hospital y, en cuanto sanaron, no dudaron en ir a buscarle.
—Los extrañé, ahora seré nuevamente un niño de verdad, aunque también me encanta ser unicornio.
—Qué imaginación la tuya –dijo su padre.
Teo entre risillas:
—Sí, ¿verdad?
—¿Quién te cuidó todo este tiempo, mi pequeño Teo? –preguntó la madre.
—Un hombre sabio y amable llamado Juan, que se ha convertido en mi tercer abuelo. Por favor, déjenme que siga cuidando de él y de su finca.
—Sí, está bien, Teo, pero debes volver a la escuela. Será por las tardes.

Teo siguió visitando todos los días a Juan a lo largo de los años, su amistad nunca se enfrió y siempre se apoyaron el uno al otro.
Cuando llegó a la vejez y ya no podía trabajar en el campo, el campesino mago se adentró en el bosque encantado de donde ya nunca regresó. Algunos lugareños cuentan que se transformó en un unicornio de cuerno dorado.

Teo tomó el control de la finca y siguió cuidando de los unicornios y del huerto. Hasta que creció lo suficiente para poder cumplir su maravilloso deseo de especializarse en cuidar y sanar a los animales. Y para ello debía irse a vivir a la ciudad, donde estudiaría las artes medicinales que lo harían convertirse en un gran veterinario. Sus padres, entre tanto, se ocuparían de la finca.

Teo siempre recordaría con cariño a su abuelo Juan y a cada uno de los unicornios del bosque encantado.

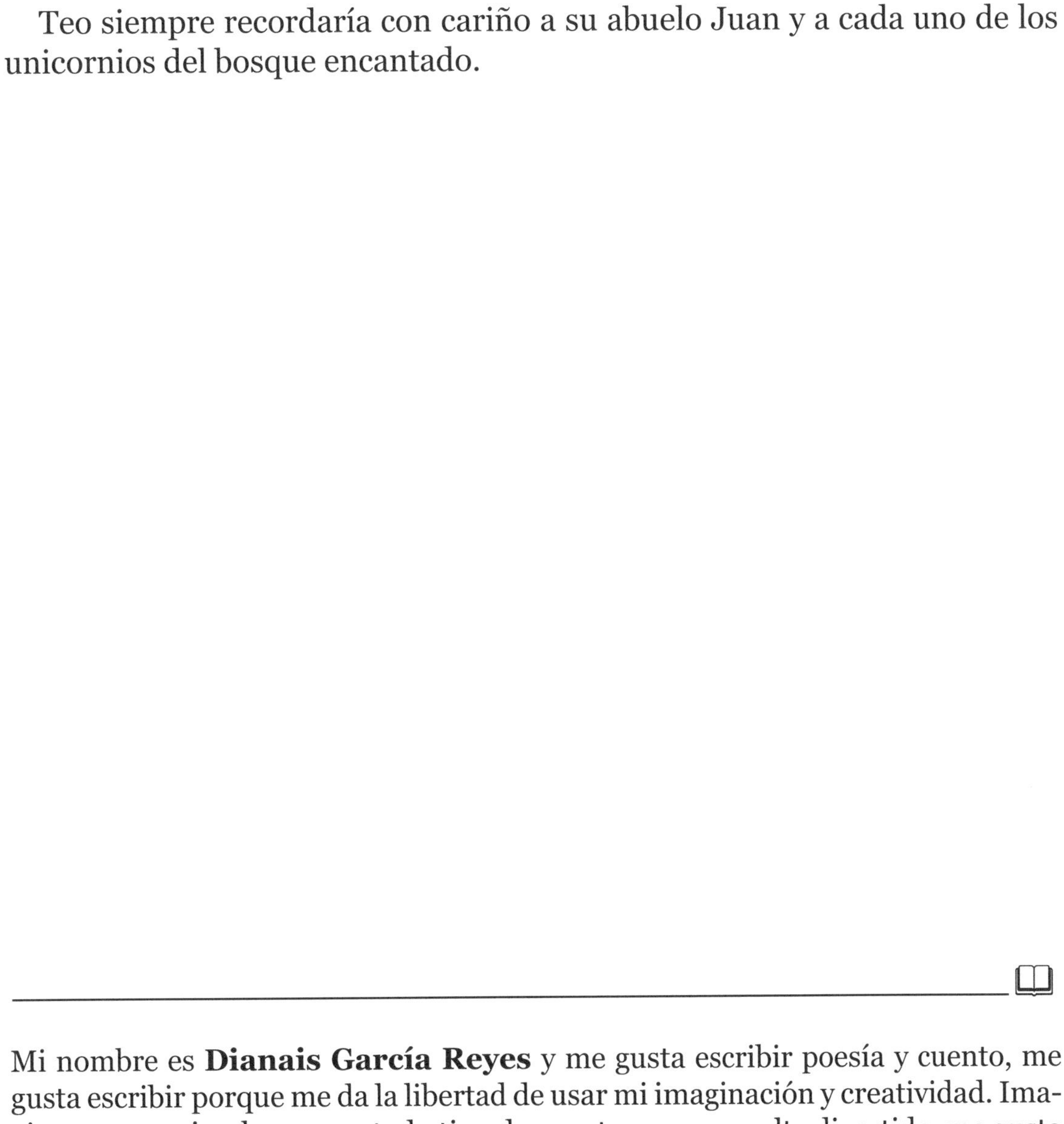

Mi nombre es **Dianais García Reyes** y me gusta escribir poesía y cuento, me gusta escribir porque me da la libertad de usar mi imaginación y creatividad. Imaginar personajes, lugares, y todo tipo de aventuras me resulta divertido, me gusta también que las personas lean lo que escribo y lo compartan; el abrirnos a los demás a través de las letras es algo que nos hace humanos.

Un viaje a Marte

Luisa Govela

Un chico llamado Esteban está planeando emprender un viaje espacial al planeta Marte, aprovechando que este año Marte estará más cerca de la Tierra, según vio por televisión.

Para ello, necesita un traje de astronauta: la piyama naranja afelpada con botines integrados que le obsequió su tía Marta en su cumpleaños; una nave: el automóvil eléctrico intergaláctico que le trajo Santa Claus, y desde luego, una escafandra para poder respirar en Marte: la máscara de "Místico, el luchador misterioso" de su hermano Javier. Por último, un talismán para la buena suerte: la bufanda verde fosforescente que le tejió su abuela. Con este talismán espera vencer todos los obstáculos que encuentre en su viaje y poder remontar las nubes y el espacio sideral en su nave espacial. Ah, y, por supuesto, una pequeña bandera de México que le compró su papá en el desfile del 20 de noviembre.

—Pero, Esteban, ¿así vas a pasear al parque? –le pregunta su mamá.

—Sí, mami, es que voy a viajar a Marte –replica el chico.

—Bueno, en ese caso, supongo que es lo adecuado –dice ella sonriendo.

Salen de la casa a dar la vuelta al pequeño parque de la colonia. Su mamá se sienta a tejer con unas amigas en una de las bancas, donde puede contemplar el viaje espacial de su hijo desde una discreta distancia.

Sin perder tiempo, el chico echa a andar su auto intergaláctico. Enciende los motores y la nave espacial despega con gran estruendo.

El ruido infernal que arma la nave asusta a unas tórtolas que se bañan en la fuente. Los temibles pajarracos del vecino asteroide URS vuelan peligrosamente sobre su cabeza, lanzando graznidos amenazadores. Esteban teme que le dejen caer sus bombas pestilentes y pulsa el botón de atacar:

¡Rat-tat-tat-tat-tat! Las aves huyen despavoridas y se refugian en las nubes cercanas que son de color verde, como los árboles y arbustos del parque. El niño suspira aliviado: ha vencido su primer obstáculo intergaláctico.

En seguida un gran animal peludo corre hacia él, ladrando y moviendo una enorme cola.

—¡Alto, Yeti de Saturno! ¡WAAAAAAAH! –grita el intrépido héroe espacial. El perro-Yeti olfatea las llantas de la nave y se aleja porque se decide por un árbol cercano como el mejor sitio para lanzar su venenoso líquido de riñón saturnino.

—¡Ja! ¡Lo he espantado con el grito de batalla de "Místico el luchador misterioso"! –Ríe triunfalmente–. ¡Un obstáculo menos en mi camino a Marte!

Sigue en veloz órbita espacial la nave de Esteban. Ya ha recorrido la mitad del camino. En este instante, otro peligro acecha al astronauta "Místico" y su nave intergaláctica: ¡una lluvia de meteoritos!

Un grupo de muchachos que pierde el tiempo en una esquina del parque se burla del valiente astronauta; arrojan piedras pequeñas para que tropiece su nave. Y, en efecto, una de las piedras se atora en el puente de aterrizaje: las llantas delanteras.

La nave se detiene.

—¡Malditos gigantes que se atreven a retar a Místico, el luchador espacial misterioso! ¡WAAAAAAH! –El viajero espacial lanza su poderoso grito de guerra.

Furioso, salta fuera de su nave y se dirige a los muchachos que ríen más fuerte, pero lo tranquilizan:

—Ya, Místico, cálmate, no es para tanto... ¿quieres que te demos una mano?

—¡Sí, quiero llegar a Marte! –grita el chico.

Los muchachos ríen a carcajadas, pero les cae en gracia el aspecto del viajero espacial, así que le ayudan, quitando la piedra que obstaculiza el vuelo de la nave.

Una vez más, el astronauta continúa con entusiasmo su viaje espacial. ¡Ha vencido a los gigantes del planeta de la Risa!

Ya ha recorrido tres cuartas partes del camino. Desde su nave puede divisar el ansiado planeta Marte... ¡la meta está cerca! Pero los peligros de "Místico" no han terminado.

De pronto, entre los setos de nubes verdes que abundan en el parque espacial, surge una figura muy conocida: cara surcada por múltiples arrugas, cuatro ojos grises, cabellera blanca y despeinada, brazos de vampiro y la eterna sonrisa de maga... Él sabe que se trata de una maga muy persistente del planeta Venus, capaz de sacarse todos los dientes a la vez y volver a ponérselos sin emitir un solo grito de dolor y también puede extraer una moneda de las orejas de los niños y otros hechizos más.

El chico tiembla, teme que su viaje sea interrumpido del todo por esta hechicera que disfruta abrazándolo y cubriéndolo con su peligrosa baba venusina al besarlo en la frente y las mejillas.

—¡Ojalá con el traje de astronauta no me reconozca! –piensa el chico.

—¡Esteban! ¡Mi precioso! ¡Te reconocí por la bufanda que te tejí! ¡Pero qué guapo de ves de luchador! –exclama sonriente la abuela venusina.

El niño baja tristemente la cabeza... el talismán-bufanda de la buena suerte no funcionó... ¡De hecho, lo delató! La abuela lo abraza y besa la escafandra-máscara de Místico. ¡Al menos la escafandra lo ha salvado de la peligrosa baba venusina!

—¡Soy un viajero espacial, y tengo que llegar a Marte!

Rápidamente, se libera del abrazo de la abuela-hechicera y continúa su veloz viaje hacia Marte.

—Vaya, ¿qué prisas son ésas? ¡Parece que vas a recibir herencia! –se queja la abuela.

—¡Ufff! ¡Este obstáculo ha sido el más difícil de todos! –piensa el cosmonauta, imprimiendo mayor velocidad a su potente nave espacial.

Esteban ha dejado atrás a la maga de Venus y llega hasta la banca donde su madre y sus amigas tejen y platican muy contentas. El chico planta la bandera en la tierra de unas verdes nubes-setos justo al lado de esa banca.

—¡Declaro al planeta Marte conquistado para México! –dice el orgulloso astronauta.

—¡Felicidades, hijo! ¡Misión cumplida! –dice su mamá y agrega–: ¿Ya viste que ahí viene tu abuela? ¡No se te olvide saludarla con un beso!, ¿eh?

Gatito azul y el viento

Verónica Olvera Rivas

El gatito azul no quiere bailar
sus cuatro patitas cansadas están
saltó en 15 techos de esta gran ciudad
correteando hojas que volando van.

Persigue monedas

papeles

botones

en vez de ir tras los ratones.

Gatito travieso ya no te distraigas
el viento astuto hace que te caigas
y por las mañanas que toca el trabajo
ya las pilas tienes todas abajo.

Gatito tan tierno ve pronto a dormir
¡mañana seguro vuelvo a sonreír!

¡Hola! Soy **Verónica Olvera Rivas**, nací en Tampico, Tamaulipas (donde habitan los cocodrilos y los mapaches). Soy maestra de Artes, me gusta pintar y coleccionar flores que caen de los árboles. Mi sueño desde pequeña fue escribir. Tengo dos libros publicados en Ediciones Morgana; he participado en antologías, lecturas colectivos y ferias de libros. Amo a los gatos, el chocolate y la poesía.

Girasoles amarillos

Mario Alberto Solís Martínez

Cada mañana, desde que abría los ojos y antes de que pudiera limpiarse las lagañas, Sol veía la sonrisa de su mamá. Era una sonrisa tierna que al cabo de unos segundos se hacía juguetona y traviesa. No bien terminaba ella de despertarse cuando, tomándola por sorpresa, recibía un ataque de cosquillas que le espantaba todo el sueño y la ayudaba a levantarse pronto. Eso, a pesar del susto momentáneo, la hacía feliz, aunque en tiempo de frío rogaba porque su madre se hubiera calentado las manos primero, ya que de lo contrario en lugar de risas lo único que salía de ella eran alaridos de escalofrío. De cualquiera de las dos maneras, ya sea riéndose o congelándose, quedaba lista para enfrentar el día y todos sus obstáculos.

Esto la hacía muy vivaz, especialmente en los días de escuela. Siempre era la más despierta al empezar la clase. Al ver a sus compañeros (o a sus maestros) bostezando y luchando contra la modorra, pensaba en lo beneficioso que sería el que cada uno de los estudiantes del país, incluso los profesores, recibieran esa terapia matutina. «Así se evitarían muchas malas caras», se decía constantemente.

Su compromiso con la idea era tal que llegó a escribirle una carta al secretario de educación, solicitándole que se capacitara a los profesores para que, cada día, consagraran una hora de su clase a despabilar a todos a base de cosquillas. «Mi mamá podría, con todo gusto, ser la encargada que supervise esa encomienda», era como terminaba su escrito.

Sol amaba tiernamente a su madre. No sólo por esas cosquillas, sino también por su manera de hablar, por como preparaba el pan tostado con mermelada y porque, aunque tuviera mucha prisa, manejaba despacito rumbo a la escuela para que no se mareara. De su padre amaba, entre otras cosas, cómo la levantaba encima de sus hombros, el sabor de la limonada que hacía y sus abrazos cuando tenía mucho frío y abría su chamarra para cubrirla con ella.

Aunque Sol no tenía, hasta ese momento, ningún hermano y sus primos vivían lejos de su casa, a ella le gustaba hablar hasta por los codos. Platicaba con su mamá y su papá prácticamente desde que se despertaba, continuaba en el desayuno y seguía camino a la escuela. Al llegar a su salón comenzaba a hablar con la primera cara conocida que tuviera la fortuna de cruzarse en su camino, sin importar que fuera maestro o alumno. Costaba trabajo hacer que dejara la charla. Aunque eso siempre le causaba llamadas de atención y algunos regaños, sus compañeros y profesores le querían la mayor parte del tiempo. No tenía un amigo especial, de esos amigos que son como hermanos con los que uno puede gastarse los días completos. Más bien tenía muchos muy buenos amigos con los que se llevaba muy bien.

Cuando tenía ganas de reír, se juntaba con Juan y Fernanda, que eran tan payasos. Cuando se trataba de hacer una buena tarea y sacar 10, buscaba a Paty, que era tan aplicada. Cuando había que jugar a la pelota, quería estar en el equipo de Pepe, porque a él nadie le ganaba. Le caían muy bien los papás de Ximena porque eran amigos de sus papás, y le encantaba que la invitaran a comer. Y, muy en secreto, los ojos de Julián le parecían tan bonitos como esos cristales que le gustaron la última vez que fue al Museo. Ella se consideraba afortunada de que todos la quisieran. «Algo de mí les debe gustar a ellos también», pensaba.

Su amiga Amarilis le cayó bien desde que le preguntó cómo se llamaba. «¡Qué nombre tan raro!», se dijo en esa ocasión. Fue la primera vez que le causó curiosidad saber por qué sus padres la habían llamado Sol, y su mamá le dio una explicación tan bonita que ella le pidió que se la escribiera en una carta. Amarilis vivía cerca de su casa y a veces en vacaciones se encontraban en la tienda o en algún paseo.

A Sol le gustaba mucho imaginar que por vivir cerca seguirían siendo amigas cuando fueran grandes, y saldrían a pasear juntas a donde quisieran.

Además, ninguna de las dos tenía hermanos, y eso las hacía más unidas, al menos eso pensaba Sol.

Una mañana, se dio cuenta de que Amarilis llevaba dos faltas seguidas. Eran los últimos días de clases antes de las vacaciones largas, así que no se preocupó tanto por que ya habían hecho todos los exámenes. Cuando llegó el viernes y vio que había faltado toda la semana, se puso aún más curiosa y se preocupó un poquito. Tal vez le había pasado algo malo, o quizá se habían ido de vacaciones antes de terminar las clases. Ese día, al salir de la escuela, le contó a su papá mientras iban en el carro.

—Lo que pasa –dijo su padre, poniéndose serio–, es que su Mamá se murió, Solecita.

Las palabras le llegaron como un viento frío y la hicieron estremecerse.

—¿Su mamá?, ¿de qué? –preguntó mientras se aguantaba de llorar.

Lo que siguió después de eso, Sol lo escuchaba, aunque no lo entendía. Le entraba por un oído para salir por el otro. Su papá le explicaba y le daba indicaciones de cómo debía tratar de ahora en adelante a su amiga, pero ella sólo podía pensar en una cosa.

Llegando a su casa corrió a abrazar a su mamá y lloró en sus brazos muchísimo tiempo. Sentía el dolor como suyo, de sólo pensarlo. Se imaginaba pasar por algo así ¿Qué haría ella sin las cosquillas de cada mañana, sin el pan con mermelada, sin la sonrisa de todas las horas?

Recordó que, cuando más pequeña, tenía un perrito del que tuvo que despedirse porque no podía estar en su casa, no tenía patio ni donde jugar, así que se lo regaló a sus primos. Revivió esa sensación de aburrimiento, de vacío. De sentir como si el reloj no avanzara y el hueco en la panza que se le formaba tan sólo de pensar en su mascota. El calor en sus mejillas cuando veía el rinconcito donde su perro dormía y sus lágrimas brotando. Y todos los días que tuvieron que pasar para que ella pudiera olvidarse, aunque fuera un poquito y poder disfrutar otras cosas. «Y eso que no se murió, y a veces lo visitaba, ¡cómo se estará sintiendo Amarilis!».

Le pidió a su mamá que la llevara a verla, para poder regalarle flores y dibujarle un paisaje y darle un abrazo. «A su mamá le encantaban los girasoles, Mami», decía mientras se aguantaba las ganas de llorar de nuevo.

La mamá de Sol le explicó que ya había pasado el funeral, y que de momento su amiga se había ido a casa de sus abuelos, porque su papá tenía que regresar al trabajo y no podía cuidarla. Como ya no había nada qué hacer en clase adelantó sus vacaciones y ya no iba a regresar hasta el siguiente ciclo.

—¿Y por qué nadie nos dijo?, ¡no es justo!

—A veces –respondió su mamá–, los adultos somos más miedosos que ustedes con estas cosas, Solecita, ¡pensamos que no lo van a entender! Perdónanos, ¿sí?

Las vacaciones de verano fueron agridulces. Sol disfrutaba pasar el tiempo sólo cuando no pensaba en su amiga. Al acordarse de ella se empezaba a sentir mal. Además, no sabía si regresaría al salón. «Y cuando la vea ¿qué le voy a decir?, ¿cómo le voy a platicar cosas de mi mamá ahora?», pensaba y se angustiaba cada vez más.

Tuvo un sueño en el que la mamá de Amarilis plantaba girasoles en el jardincito de la escuela, y todos sus compañeros la ayudaban. Cada girasol que plantaba hacía que el día se llenará más de luz. En el sueño su amiga se veía feliz. ¡Cuánto le habría gustado abrazarla en ese mismo momento! Al despertar le gustó tanto el sueño que decidió escribirlo y dibujarlo para dárselo a Amarilis cuando la viera.

Al acercarse agosto, y el primer día de clases, Sol ya sabía que su amiga iba a regresar al salón. Habían visto a su papá en el mercado y les contó que ella estaba mejor y que había traído a sus abuelos a vivir a su casa para que pudieran cuidarla.

Pero... ¿Cómo tendría que acercársele? ¿Qué le iba a decir? Un día antes de entrar a clases, Sol decidió que no había una mejor manera de recibirla.

Al llegar a la escuela y verla en el pasillo, caminó despacito y por detrás para que no la viera y le dio un sorpresivo ataque de cosquillas. «La mejor terapia del mundo», pensó Sol. Pero a Amarilis no le gustó mucho que digamos. Más bien, se asustó un poco. Sol se dio cuenta tarde de su error. Se miraron un rato en silencio y luego Amarilis se fue corriendo.

Entrando al salón la vio recostada en su banco, con la cara entre sus manos. Tal vez sollozaba. No se atrevió a disculparse por la pena que sentía. Antes de iniciar la clase, la maestra le preguntó a Amarilis si estaba bien.

—¿Quieres irte a tu casa, princesa? Le pueden hablar a tu papá para que pase por ti –le dijo, algo triste.

Amarilis contestó que sí, muy quedito. La maestra salió de inmediato y sorprendentemente todo mundo se quedó en silencio. Regresó la profesora y se llevó a la niña para que esperara a su papá en la sala de maestros.

Sol pensó que había arruinado todo. Ella también tenía ganas de llorar. Todo el día se aguantó hasta que su mamá pasó por ella y entonces le pudo contar.

—¡No fue mi intención, mamá! –decía lamentándose.

—Yo lo sé, Solecita. –Su mamá trataba de que se sintiera mejor.

—¿Crees que me perdone?

—Claro que sí. Es tu amiga y te quiere.

—Pero ¿cómo le hago para volver a hablarle?

—Mira, Sol. A veces, cuando sientes un dolor muy grande, lo único que necesitas es que alguien esté contigo. Sin forzarte a decir nada ni a hacer nada, sólo que esté contigo.

Después de estar calladas un ratito, su mamá le siguió diciendo:

—¿Te acuerdas cuando se murió tu abuelita? Tú me consolaste mucho. Igual que tu papá.

—¡Pero si yo no hice nada! –dijo Sol, sorprendida.

—Precisamente –le contestó su mamá, con mucho amor en sus palabras—. Sólo por estar conmigo, comer conmigo, invitarme a ver la tele contigo, eso me fue haciendo poco a poco más suavecito el dolor que sentía, hasta que me acostumbré. ¿Me entiendes?

Sol pensó que sí, pero aún no sabía cómo iba a arreglar eso que creía haber arruinado.

Amarilis no fue tampoco a clases los dos días siguientes. Pero al tercero al fin llegó. Esta vez Sol no hizo nada. Se había decidido a que le hablaría cuando fuera el tiempo. Quizá en algún día que se la encontrara en el mercado o cerca de su casa. Sin embargo, notó que en la hora del descanso nadie se había sentado a platicar o jugar con ella. Eso le dolió mucho. Se armó de valor y decidió acercarse en ese mismo momento.

Llegó y sin hablar se acomodó a su lado. Sacó su comida y le ofreció a su amiga unos gajitos de naranja. Amarilis hizo el ademán de que los iba a aceptar, pero al final negó con la cabeza. Tenía la mirada baja. No hablaron por un rato. Al fin Sol le pidió que la perdonara.

—Sí, está bien –le contestó ella–. Pero ¿por qué me hiciste cosquillas?

Sol le dijo que su mamá lo hacía todas las mañanas para despertarla y que le daba mucha risa. Sintió que había cometido otro error al hablar de su Mamá con ella.

—Pues en ese momento me asustaste. Pero pensándolo bien ahora sí me da risa que lo hayas hecho. –Amarilis lo tomó de manera muy natural. Con una sonrisa le contó que su mamá también le hacía cosquillas, pero en los pies. Después se puso triste otra vez.

—Lo siento mucho, Lilis. –Sol le puso su mano en el hombro y le dio palmaditas. No sabía que más hacer.

Después de un rato de sólo comer en silencio, Sol se aventuró a decir más.

—Soñé con tu mamá en las vacaciones. Que plantaba girasoles aquí, con nosotros, en la escuela.

—Ya sabías que era su flor favorita –le contestó Amarilis con un suspiro y limpiándose la cara con una servilleta.

—Sí, me habías dicho. A mi mamá también le gustan. Quería llevarte unos, pero ya te habías ido con tus abuelitos.

—Gracias de todos modos, Sol. Eres muy buena amiga.

—Mira, le hice este dibujo. –Sol se había animado con esas palabras y empezó a desdoblar el papelito que tenía en la bolsa del chaleco.

mug

Le mostró a Amarilis la imagen de un campo de color amarillo muy fuerte, un fondo azul y una casa. A su amiga se le iluminaron los ojos y por fin se le formó una sonrisa grande. De emoción.

—Estos son los girasoles, y ésta es tu casa. Y aquí está tu mamá, regándolos.

—¿Y esto ¿qué es? –preguntó Amarilis, señalando unas que parecían azules estrellas pequeñitas revoloteando sobre el campo amarillo.

—Son colibrís que nacieron en los girasoles.

—¿Me lo regalas?

—Sí, lo hice para ti. –Amarilis lo guardó con mucho cuidado, como si fuera un tesoro.

El timbre sonó y las dos se levantaron para regresar a otro día normal de escuela, como tantos que tuvieron hasta ese día, con la confianza de que a partir de ese momento iban a ser amigas para toda la vida.

Mario Alberto Solís Martínez. Mi papá me puso Mario por un futbolista. Desde niño he deseado escribir un libro, y hoy me dedico a las computadoras. Me gusta hablar del espacio.

Microcuentos

Marcos Rodríguez Leija

Tartas para las hadas

La maga blanca alza las mangas a la bata, agarra la daga, avanza hasta la canasta para sacar manzanas, las lava, arranca las cáscaras, las aplasta, las machaca. Hará tartas para las hadas.

—¡Abracadabra! –canta la maga al amasar las manzanas, lanza carcajadas al alzar llamaradas para asarlas.

La maga falla, fracasa. Las tartas acaban saladas, amargas. ¡Al tajarlas, saltan ranas!

El deseo de crecer

Gritó horrorizado al verse en el espejo. Tenía bigote y barba. Harto de los trajes de marinerito y los zapatos de charol blanco que lo obligaban a vestir sus padres, deseó tanto ser un adulto que se le concedió al amanecer.

Pero Juanelo tuvo un mayor problema. Un calambre le subió del pecho al rincón donde dormía como un oso el prejuicio, despertándole un gesto huraño y un sentimiento nunca antes experimentado. Fue una sensación extraña que le impidió ver, con la misma emoción que el día anterior, los juguetes que había recibido en su cumpleaños.

El unicornio del río

Marisol Flores

Desde hace un año he estado pidiéndole a mi ángel guardián que me permita conocer un unicornio. Todas las noches, antes de acostarme, me pongo de rodillas sobre el tapete de mi cuarto, después de agradecerle por la vida de mis padres, le pido me permita conocer un unicornio.

Los sueños se cumplen, es algo indudable.

Aquel día me levanté muy temprano y mis padres me dijeron que arreglara mi ropa en una maleta, pues iríamos de paseo al pueblo de los abuelos, me puse muy contenta, ya que es un lugar lleno de árboles, pinos, cedros, naranjos y, además, pasa un hermoso río por el pueblo, eso me puso de muy buen humor; tanto, que durante todo el día dejé atrás mi loco deseo de conocer un unicornio. Llegada la tarde mis padres acomodaron las maletas en el pequeño jeep, me coloqué en el asiento trasero y tomé a Chapete (mi unicornio preferido) y le dije despacito:

—Hoy veremos a los abuelos, pero agárrate bien, pues el camino a Coauilco está lleno de curvas, una tras otra.

El camino se me hizo larguísimo, pasamos hermosos paisajes de nubes; cuando uno sube por la carretera, y conforme vamos subiendo, la bruma da la sensación de haber llegado al cielo, es peligroso, ya que, con tanta niebla, en algunas ocasiones es difícil ver la carretera, por eso, papá conducía despacio y con los ojos bien abiertos.

Finalmente llegamos. Corrí a abrazar a los abuelos, ellos ya nos esperaban con una sabrosa cena de bocolitos con queso y carne seca de la región, mmm... ¡Riquísimos!

Al día siguiente me levante muy temprano, al olor del café de la abuela.

—Abue, ¿qué haces despierta tan temprano?

—No es temprano, hija, ya es hora de ponerse de pie; si duermes demasiado te perderás las horas más hermosas del día.

—Y ¿cuáles son las horas más hermosas, Abue?

—Las horas de la mañana, son frescas y limpias, puedes admirar el cielo azul y ver como todos los pájaros vuelan de un lado a otro, entonando hermosos cantos de alegría por tener un nuevo día de vida. Come bien, porque te llevare al río a que te diviertas un poco, te va a encantar.

Terminé rápido el café con pan, para irme con mis abuelos.

Después de 5 minutos llegamos al río, era hermoso, cristalino, lleno de piedras blancas y redondas. Todo el río estaba lleno de árboles en sus orillas, y ese sonido del agua al choque con las piedras me encantaba. La abuela me advirtió que antes de empezar a nadar había que pedir permiso a los dueños del agua para que no me hicieran alguna travesura, yo me reí.

—¿Cómo que pedir permiso? ¿Quiénes son y dónde están?

—Sólo guarda silencio –dijo la abuela.

Ellos hicieron como una especie de oración al río, tomando un poco del agua con sus manos.

—¡Ya puedes bañarte!, ya pedimos permiso.

«Las costumbres de mis abuelos son muy raras –pensé–. Ellos hablan náhuatl y creen que la mayoría de las cosas que habitan la tierra tienen protectores, es decir, entidades que las gobiernan o cuidan, que se debe pedir permiso para utilizarlas. Ideas un poco diferentes a las mías, pero creo que el pedir permiso y agradecer son dos palabras muy bellas».

Nadé y nadé en el río todo el día, hasta llegar la tarde, por suerte mis abuelos llevaban lonche y suficiente agua.

Fue hermoso estar con mis abuelos, en especial mi abuela Matilde, ella me contó que el río tiene un encanto.

—¡Un encanto! ¿Qué es eso, Abue?

—Un encanto es como un hechizo, donde en ciertos días y horas ocurren sucesos diferentes o extraños.

—¿Me podrías contar alguno?

—¡Claro que sí! Los 31 de diciembre ocurre algo sorprendente, la mayoría de los viejos de este pueblo lo hemos visto. Ese día de final de año, justo a la medianoche, el río cambia su curso. Como ves, ahorita baja del cerro; ese día, el río sube la montaña y se pierde el caudal en los adentros de éste. Y en lo más alto del cerro se puede ver una gran luz brillar, después el silencio se hace presente y se escucha el cabalgar y relincho de un caballo. Es un caballo blanco que baja la montaña a galope, hasta llegar al río, donde bebe agua y corretea unos instantes. Lo hermoso de este animal es una gran estrella en su frente, es grande y luminosa. Sus ojos son negros y brillantes; su pelaje, blanco como las nubes del cielo, sin mancha alguna. Recorre el río unos segundos y regresa a la punta del cerro para desaparecer en un relincho.

—¡Qué emocionante, Abue! ¡Quiero verlo, quiero verlo!

—Sólo aparece cada año, y a quien logra verlo le presagia un año lleno de bendiciones.

—Yo lo vi un día –interrumpió el abuelo Juan–, ¿te acuerdas, Matilde?, ese año te conocí y nos casamos.

La abuela lo miró y guiñó el ojo.

Esa noche no pude dormir, estaba emocionada, pues a la mañana siguiente sería fin de año, con suerte podría ver al caballo blanco del que hablaban los abuelos.

La noche llegó, se colocó una gran mesa en el patio de los abuelos, mientras en el horno se estaba cociendo el zacahuil (un tamal gigante de pollo y puerco, típico de la región). Todo se limpió y sacudió, pues debía estar limpio y arreglado para la llegada del nuevo año. Los cohetes ya se hacían presentes; a mí en lo particular me dan miedo, por lo que me quedé con Chapete en mi cuarto observando desde la ventana el cerro encantando.

Todos mis tíos empezaron a llegar a la cena, era hermoso sentarse en esa gran mesa, creo que éramos más de 30, el patio de la abuela era enorme y las tablas sobraban para improvisar mesas y bancas.

Finalmente, la hora se acercaba, por lo que tomé a Chapete y corrí rumbo al río, quería ser la primera en ver el encanto del cual hablaban mis abuelos.

Al llegar, el reloj marcó las doce de la noche. Me senté a esperar el suceso, pero ya habían pasado 2 minutos y nada. Justo cuando estaba desanimándome, ocurrió algo sorprendente: el cerro se iluminó y el río cambió su curso, como dijo el abuelo, y de pronto el relincho de un caballo se hizo presente en la punta de la montaña, se escuchaba como venía bajando a galope rumbo al río.

Ahí estaba yo abrazando fuertemente a Chapete, y respirando muy fuerte, un poco asustada y feliz. Cuando bajó no lo podía creer, ¡era hermosísimo!, su blancura no tenía comparación con lo que yo conocía, y en la frente le surgía un enorme cuerno de cristal que iluminaba todo a su paso.

—¡Es un unicornio, es unicornio! –grité emocionada.

Y él volteó su cabeza al escuchar mi voz. Sus ojos se clavaron en los míos, dándome una sensación de paz y dulzura.

Me acerqué poco a poco y, sin pensarlo, acaricié su pelo suave y esponjoso; y en un segundo subió la montaña lanzando un relincho, y el río volvió a correr de forma usual.

Regresé a casa, nadie se percató del suceso, sólo los abuelos, quienes me miraron desde lejos con una sonrisa de complicidad. Corrí a abrazarlos y ellos me llenaron de besos y apapachos.

—¡Lo vi, abuelos, lo vi!
—Lo sabemos, tendrás un año lleno de bendiciones.
—¡Feliz Año Nuevo! –gritaron todos.
—*Yankuhik xihuitl* –dijeron mis abuelos en náhuatl.
—*¡Tlazocamatic!* ¡Gracias!

Marisol Flores nació en la ciudad de Reynosa, Tamaulipas. Vive actualmente en la ciudad de Rio Bravo. Es licenciada en Derecho. Dedicada a la docencia. En 2018 publicó su primer libro de poesía: *Asuntos del Corazón*, y en 2019 su primer libro de literatura infantil: *Cuentos para soñar*. En 2020 publicó su segundo poemario: *Sueños de Amor*, y en el año 2022, su segundo libro de cuentos: *Cuentos de la Abuela*.

Carta de la niña Frinecita al Señor Tlacuache

Anne Luengas

Estimado señor Tlacuache:
Me dirijo a usted con la consideración que se merece.
He aquí mi asunto:
según mis padres
usted es el monstruo más monstruoso
y cuando desobedezco, amenazan.
Usted, dicen, vendrá con antifaz y bolsita;
me llevará lejos, lejos,
y no los veré ya nunca.
Mas yo a usted lo he sorprendido en la noche
con su hocico brilloso, su colita larga, larga
y toda su familia a cuestas.
¡Qué lindos sus hijitos, señor Tlacuache!
¿Terrible usted? No lo creo.
Estoy segura, nos entiende:
desobedecer es un derecho de los niños,
es el derecho a cometer errores, a aprender, a ser libres.
Por favor, señor Tlacuache, atraviese el sueño de mis padres,
como atraviesa nuestro patio,
explíqueles eso (asústeles un poco) para que se muestren comprensivos
y le prometo dejarle un platillo con mis postres
todos los días de la semana.
De antemano, estimado señor Tlacuache, le doy las gracias.

El regalo de los cuervos

Nohemí Yesenia Zúñiga

Cada mañana José se levanta a desayunar y observa por la ventana a Canelo, su mascota, un perrito pequeño, lanudo y de color café. Canelo era un perrito de la calle, pero el padre de José lo recogió y ahora duerme en una pequeña casa de madera, un poco desfigurada, situada en el balcón, la cual construyeron especialmente para él.

José y Canelo son los mejores amigos y pasan todo el día juntos, porque sus padres trabajan muchas horas. Ellos siempre desayunan juntos. José le sirve la comida a Canelo y luego él toma la suya mientras juega en el celular; incluso a veces pone videos para que Canelo los vea.

Una mañana, José despertó más temprano de lo usual y fue a revisar a su perrito, entonces observó que unos cuervos se comían su comida, rápidamente agitó sus brazos y golpeó la puerta para espantarlos. Luego volteó a ver a Canelo, quien permanecía quieto, echado en el piso, y lo regañó: «No debes dejar que te roben tu comida», pero éste, con la mirada triste, seguía echado sin prestarle atención.

Durante todo el día José buscó encontrarse cara a cara con los cuervos, pero no tuvo suerte, nunca volvieron, entonces pensó: «Mañana me levantaré temprano y volveré a atraparlos».

A la mañana siguiente, en cuánto se levantó corrió a buscar a los cuervos, y de pronto gritó:

—¡Canelo, no dejes que te roben tu comida! ¡Canelo! ¡Canelo! Canelo, ¿cuándo vas a entender?

Después de unas horas, decidió limpiar la casita de madera; al estar sacando el cojín de descanso encontró un puñado de bolsas plásticas. No sabía de dónde habían salido, primero pensó que tal vez Canelo las había sacado del bote de basura de su cocina, que está junto al balcón, o tal vez su vecino estuviera aventando basura que Canelo había guardado. «¿Por qué están aquí?», se preguntó. Como no podía resolver el caso, mejor apresuró la limpieza, pues tenía pendiente terminar un mapa de Minecraft con sus amigos de la escuela.

Al día siguiente, se volvió a levantar temprano y puso mayor atención a la casa de Canelo para vigilar a los cuervos y ver de dónde salían las bolsas que, para él, eran sólo basura. Apenas estaba amaneciendo cuando vio que una parvada llegaba al balcón, y decidió permanecer inmóvil, observando.

Cuál fue su sorpresa cuando vio a los cuervos dejar las bolsas. Cada cuervo que terminaba de comer del plato de Canelo, iba y le dejaba a un lado, una bolsa.

Al ver esa escena, José salió corriendo a espantarlos, aleteando con los brazos y dando grandes y sonoras pisadas; Canelo comenzó a ladrar, agitado por el alboroto.

Los cuervos huyeron y Canelo se echó junto a su casa, con la cara triste.

José, decidido a evitar que los cuervos dejaran su basura, al día siguiente se levantó más temprano que nunca a vigilar la casita de Canelo. «Esos sucios cuervos no me dejarán su basura», decía.

Empezó a dejar la puerta abierta para vigilar mejor y permitió que Canelo ingresara a la casa, sin regañarlo; normalmente no le permitía entrar porque su mamá le llamaba la atención, ya que soltaba mucho pelo y se regaba por todos los muebles.

José y Canelo jugueteaban mientras vigilaban la llegada de los cuervos, pero pasaron algunos días y los cuervos ya no se presentaban tan seguido, así que el niño pensó que tal vez ya se habían ido a otro lugar.

Poco a poco José dejó de levantarse temprano y siguió con sus actividades, decidió ya no prestarle tanta atención a la casa de Canelo y comenzó a divertirse en el celular nuevamente.

Canelo permanecía en silencio.

Después de una semana ya todo parecía normal, hasta que un día, luego de la hora de la comida, José escuchó un alboroto en el balcón, y recordó que tenía una misión. Al salir vio a Canelo jugando con unas bolsas plásticas que seguramente los cuervos habían traído; corría de un lado a otro, brincaba, se veía feliz, mientras los cuervos comían de su plato. Alterado, José espantó a los cuervos y a tirones le quitó las bolsas al perrito, diciéndole que eso no era un juguete y que estaban sucias. Triste, Canelo se escondió en su casa.

Esto se volvió una rutina. José se dedicaba a vigilar a los cuervos, ya no jugaba tranquilo con su celular, porque luego escuchaba el alboroto que hacía

Canelo; después corría a los cuervos y Canelo terminaba triste en su casa.

Al pasar los días, Canelo se ponía más y más triste, incluso fue dejando de comer y bajó de peso. Así que José lo llevó con un veterinario que vivía a dos cuadras de su casa, y que hacía varios años los conocía a ambos. El médico le dijo que le hacían falta algunas vitaminas, pero, además, parecía que Canelo no tenía la atención necesaria, le hacía falta actividad física y diversión.

José prometió ponerle más atención, pero llegando a su casa sus amigos le enviaron un mensaje para jugar una partida de Free Fire, olvidando así su promesa.

Después de terminar su partida en varias horas, José oyó a Canelo jugar y correr, y se alegró de escuchar que ya se sentía mejor. Pero, nuevamente, se sorprendió al darse cuenta de que jugaba con unas bolsas plásticas, mientras los cuervos se alimentaban de su comida.

Se quedó observando la felicidad en la carita lanuda de Canelo y se dio cuenta que era éste quien compartía su comida con los cuervos: ellos le llevaban bolsas para que jugara, ya que José no le ponía atención desde que tomaba clases en línea. Ya no jugaba tanto con Canelo, ya no lo sacaba a pasear, ya no convivía con él.

Desde ese día José decidió dejar que Canelo camine por la casa, que lo acompañe a cualquier lugar al que va, e incluso lo deja correr libre entre las calles, bajo la promesa de que ayudará a su mamá a mantener limpia su casa.

José y Canelo, a pesar de todo, son inseparables y grandes amigos. Últimamente ya no han visto ningún cuervo cerca.

José le platicó a su mamá que ahora que estaba en cuarentena se había acostumbrado a estar encerrado, y se había ocupado sólo de jugar en el celular, pero se dio cuenta que Canelo no necesitaba estar encerrado, él podía correr y caminar por todos lados; aunque, al entrar a casa, se merecía un buen baño.

Nohemí Yesenia Zúñiga: Soy maestra, escritora, investigadora y tallerista, nacida en un pequeño pueblo llamado Huitzometl, en Jalisco. De pequeña me mudé a Colima, donde estudié la licenciatura en Letras Hispanoamericanas y la maestría en Estudios Literarios Mexicanos. Tengo 35 años, estoy casada y tengo dos hijos varones, uno de 11 y otro de 7. Actualmente vivo en la costa de Colima, en Manzanillo, y doy clase en Prepa Anáhuac. Me interesa mucho la literatura regional y he participado en distintos eventos nacionales e internacionales de investigación, rescate y difusión cultural. También he publicado artículos académicos, cuentos y reseñas en libros, periódicos y revistas nacionales.

Catarina voladora

Shally Ruiz y Ruiz

Nací en un mundo de escarabajos rinocerontes, unas criaturas con fuerza impresionante, era encantador ver a mis vecinos empujar las piedras y troncos que nos estorbaban, traían toda clase de ricas comidas después de sus largos viajes de exploradores, eran todos unos héroes. Yo esperaba con ansias crecer para ver que me naciera mi cuerno de rinoceronte, para ser ¡Súper fuerte!

A los pocos meses, en vez de cuerno, me nacieron lunares, ¿qué puedo hacer con lunares?, rezongué molesta de mi esencia. Durante semanas no quise salir de mi casa, tenía miedo de que todos vieran mis coloridos lunares, seguro se reirían.

Lloraba mientras me preguntaba ¿qué clase de escarabajo soy? Si no tengo cuerno, ni fuerza, ¿cómo ayudaré a mi comunidad?

Tocaron a mi puerta, rápidamente apagué la luz... respiré hondo, me dije: «Sé valiente», mientras caminaba a la puerta. Sentí que el mundo se me venía encima, abrí. Era mi amiga la luciérnaga, con su luz verde hizo aparente lo desconocido.

La verdad es que soy diferente, eso está bien, no hay razón para apagarme. Luciérnaga me prestó su luz para que pudiera aceptarme: soy una Catarina con lunares coloridos, soñadora, voladora; no poseo fuerza física, mi fuerza es espiritual. Mis vecinos también creen que soy una heroína.

Mi nombre es **Shally Ruiz y Ruiz**, nací el 1 de octubre de 1997 en Chiapas, un estado muy diverso, tenemos toda clase de animales, ecosistemas, climas, idiomas y culturas. Empecé a escribir cuentos a los 12 años, soy una persona con dislexia, lo que ocasiona que a veces las letras se me muevan y las escriba de una forma no común ni fácil de entender, aun así, me encanta escribir invitando a las infancias a superar sus retos y amar su diversidad. Soy antropóloga social, escritora y actriz, he creado un centro de educación alternativa que se llama La Casa de Kigo, en el que busco que las infancias generen estrategias para ser protagonistas de su propia vida, buscando siempre el bien común.

Monstruo

Paulina Ramos

Alguien mordió el chocolate. Un par de dientes pequeños quedaron estampados en la orilla. Dejaron un trozo, la envoltura arrugada y una cáscara de nuez.

Todos estaban desconcertados. ¿Quién querría morder el chocolate y no terminárselo? ¿Era un intruso que robaría, además, sus alimentos? ¿Y si la leyenda era real, tendrían que protegerse del monstruo?

Era una tarea para el Agente Molko, un rinoceronte gruñón que se encargaba de resolver los enigmas del zoológico. Un tipo duro y viejo que usaba un sombrero de bombín y siempre traía un bastón; de carácter intolerante y mal olor.

El chocolate dorado era una reliquia. Había quedado ahí desde la época en que los humanos podían visitar las jaulas de los animales durante las vacaciones más calurosas del año, en el verano. Cada temporada, miles de niños acudían a verlos, a aplaudir sus actos, reírse con ellos y a alimentar con apio a las jirafas.

Ocurrió antes del Gran Aislamiento. Algún visitante despistado lo abandonó junto a la jaula de los macacos y desde ahí se convirtió en el tesoro del zoo.

Nadie se había atrevido a tocarlo, mucho menos a morderlo. Resguardado en la jaula del león, ningún animal había tenido la osadía de robarlo. Hasta hoy.

Cuando el Agente Molko se acercó a interrogar a los gorilas, lo único que dijeron fue que el sonido de la envoltura no les agradaba mucho. Ese ruidillo metálico, de un material que rechinaba en sus oídos, los despertó la mañana del viernes. Sintieron que el sonido se movía, pero no pudieron ver a nadie, le contestaron.

—Interesante —dijo el Agente Molko—. Algún extraño que puede viajar entre las celdas abrió el chocolate en movimiento. —Quedándose, después, pensativo.

Prosiguió con los buitres, los más intensos, que repitieron una y otra vez que la hora había llegado:

—¡Todos van a morir! —cacareaban los pajarracos—. ¡Se convertirá en monstruo! ¡El chocolate ha sido mordido! ¡Mordido! ¡Mordidooo...! —insistían una y otra vez, y el eco resonaba en las jaulas como una premonición.

El Agente Molko no hizo caso:

—La realidad es que los chocolates alocan o envenenan —dijo y se alejó del aviario.

Poco a poco el rumor de los buitres se extendió por todo el territorio animal. Las osas se acurrucaron en su guarida para hibernar; temían que algún monstruo apareciera por su cueva y las atacara, a ellas y a sus oseznos. Prefirieron encerrarse con una gran roca y dormir.

También las jirafas dejaron a un lado sus carreras y entrenamientos para alojarse en la gran casa por donde sus cuellos extendidos miraban hacia el mar.

Cada vez que alguien mencionaba el asunto del chocolate, todos temían lo peor. Era el Agente Molko el único astuto, capaz de continuar con la investigación.

Al anochecer, una manada de hienas, que aullaban afinando sus gargantas, desgarraron al último antílope que pastaba en el prado, y su dolor retumbó en el cielo. Todos los animales del zoológico estaban afligidos, temerosos, inquietos y al escuchar el último suspiro del antílope imaginaron una catástrofe.

Las ardillas dijeron que "había sido el panda", que le gusta el color del papel dorado porque le recordaba a China y por eso lo había robado.

Las iguanas escucharon a las ardillas y comentaron que el panda se había comido primero al león y después al chocolate, pero que la pantera había llegado a quitarle un poco.

Los hipopótamos concluyeron que el ladrón y monstruo había sido el elefante, que con su trompa larga pudo haber sacado el chocolate de la jaula sin hacer ruido.

Lo cierto es que cada noche que pasaba sin resolverse el enigma, todos acumulaban miedo y las historias del posible culpable se multiplicaban por doquier.

El Agente Molko decidió suspender los interrogatorios. Carecían de veracidad; el ambiente estaba contaminado de rumores y bastaba un error para condenar a un inocente.

Decidió congelar el asunto; observar, anotar y concluir.

Pasó el tiempo. Todo parecía volver a la normalidad; los visitantes regresarían pronto. El Gran Aislamiento había concluido. Las noticias de que el zoológico pronto abriría a los turistas, los animaron a todos.

Aparentemente nunca hubo un monstruo, nadie salió herido, excepto un antílope solitario. Simplemente se llenaron de pánico por la soledad y la incomunicación.

El Agente Molko seguía pendiente, sin embargo, nunca dejaba un caso sin resolver. Fue hasta el primer día de visitas de niños cuando comenzó a juntar los cabos sueltos.

El chocolate estaba en la jaula del león, resguardado. El elefante lo sacó, efectivamente, pero no se lo comió. Le dieron el chocolate al panda para que con su delicadeza lo abriera, mientras lo trasladaban a su baño de los viernes. Por eso los gorilas escucharon el movimiento cuando lo abría.

Las hienas se comieron un trozo y se volvieron locas. Por eso atacaron al único antílope del zoo. Hasta ahí su caso parecía resuelto. Una travesura de robo por el tedio y la ansiedad.

Pero el Agente Molko descubrió que la pantera estaba enojada con el león, quería decirle que ella también podía cuidar el tesoro dorado, pero nunca la dejó. Minimizaba sus habilidades gatunas. No participó en el robo, aunque evidentemente ella lo planeó todo.

Los rencores y egoísmos de los animales habían aflorado con el encierro. Cuando en el pasado todos los habitantes del zoo habían podido convivir en paz y tranquilidad, respetando sus hábitats y sus costumbres, la terrible soledad que sentían los incitó a armar un complot.

El Agente Molko no se daba por vencido. La incesante teoría del monstruo, aunque había perdido su vigencia, seguía rondando por los pasillos del zoológico. Más tosca, más fantástica.

Los murciélagos se rebelaron; nadie los visitaba, los culpaban del siniestro, a pesar de ser fervientes polinizadores del planeta y cuidarse entre ellos; los niños los apedreaban; una situación que pronto los encargados del zoológico remediaron, cerrando los accesos a las cuevas.

“Zona prohibida”, escribieron.

La armonía que reinaba, previa al Gran Aislamiento, nunca regresó. Habían enfermado de ansiedad, de locura, de egoísmo. Consideraron cerrar el zoológico, devolver a su lugar de origen a cada animal salvaje, reintegrarlo a su naturaleza furiosa y libre.

El Agente Molko seguía intrigado: “¿La comunidad animal podría volver a ser organizada, pacífica y tolerante... o acaso el monstruo de la guerra se había infiltrado en los espíritus de los seres confinados?”.

Era una época de reconciliación. El Gran Aislamiento estaba llegando a su fin, pero las cenizas de las pérdidas, de los errores, de la inconsciencia, se percibían en cada tribu; cada familia de animales desconfiaba, se reprimía. Era un tiempo sin felicidad.

El monstruo transformó los sueños en pesadillas. No fue un animal, ni un grupo haciendo travesuras. Fue un viento que contaminó todas las jaulas e intoxicó la mente con el moho inamovible de ideas estancadas.

La soledad puede ser terrible; la reclusión, enfermiza. Volver a confiar, volver a sonreír, volver a intentarlo era el reto.

El Agente Molko buscaba una solución. No era posible que la comunidad animal continuara así. Los pequeños crecerían con limitaciones. Nadie querría convivir, expresarse, soñar. Así que se acercó a la pantera.

Gaia estaba molesta; nunca la consideraban para misiones poderosas. La charla con el Agente Molko la motivó: éste le reveló que había descubierto su plan para robar el chocolate y le reconoció su talento para dirigir equipos. Gaia aceptó trabajar con el rinoceronte. Su fuerza de convocatoria logró que las ardillas, las hienas, los tigres, las salamandras, los elefantes, los osos y las jirafas firmaran una tregua.

El difícil era el león, siempre pretencioso y ególatra. Un rugido suyo hacía temblar a todos. “¿Cómo darle una lección de humildad y razonamiento?”, le preguntaban todos a Gaia.

Las ranas venenosas decidieron acariciar al león. Pronto tendría pesadillas y pediría ayuda. Eso sí, siempre y cuando dejara el orgullo en su jaula.

Gaia, la pantera, podría ayudarlo a resistir el veneno Kambó. Dicen que cura todo. Tal vez, pensaron, podría curarlo de engreimiento.

Así fue.

Dos meses después, la normalidad invadió los corredores. Sonrisas y dulces circulaban admirando la naturaleza enjaulada del león, el temerario Rey de la Selva.

Disfrutaban de las jirafas que otra vez comían apio de mano de pequeñas ataviadas con vestidos coloridos y sombreros. Y Gaia al fin se sintió plenamente orgullosa.

Paulina Ramos siempre fue una niña soñadora, ávida lectora y aventurera. Los libros siempre han sido una ventana fabulosa para disfrutar historias, de ahí que toda su vida se dedicó a conocer gente interesante para sus reportajes y programas de televisión. Sus historias favoritas pueden ser fantásticas, emocionantes o tiernas, le gusta crear mundos nuevos y heroínas que brillan con su valentía. Pau ama escribir, es un juego que la llena de felicidad. Trabaja mucho. Es mamá de una niña increíble, y sigue estudiando cómo contar sus historias en películas. Si lees este cuento que escribió para ti, ella estará sonriendo con el corazón al saber que le pusiste magia; un toque de tu encanto a la imaginación.

Acertijo

Mariena Padilla

En una tarde que anunciaba la llegada del verano
Cuatro salió de casa
Uno, *Dos* y *Tres* no se atrevieron.
En cuanto se fue, se volvió inalcanzable.

Buscamos en el ramaje de los álamos
en los rincones empinados de la calle
bajo el graznido negro de los cuervos
en el borde de los sueños cuando llegó la noche.

No lo encontramos
porque nadie encuentra lo invisible.

De corazón abierto a la aventura
tenía que haber sido pájaro
agua
nube
luz

Cuando el viento atraviesa el follaje de los árboles
me lo imagino:
un papalote
bailando
al aire.

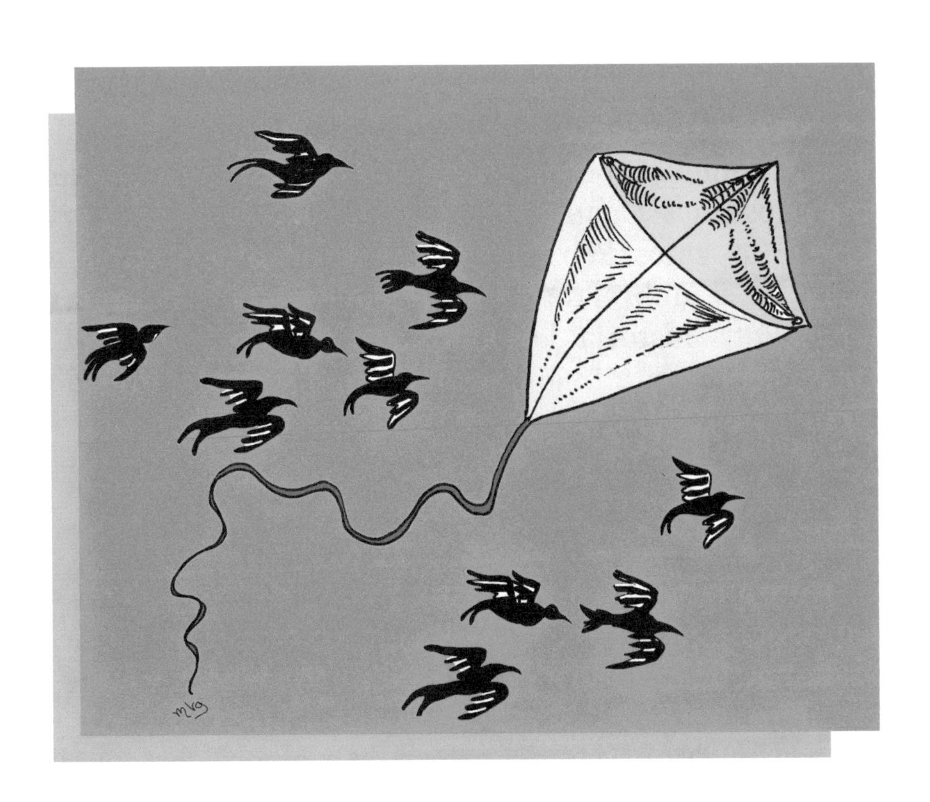

Donde comienza el camino

Nadia Contreras

A mi Padre le gustan los gatos. La historia se cuenta sola, dicen: él, de escasos seis años, sentado en el equipal rojo, acurrucándolos bajo el gabán. ¿Cuántos gatos tenías ocultos? A mi Padre le brillan los ojos de felicidad cuando recuerda aquella época; aunque sus ojos están eclipsados ahora, le brillan, como dos soles. Cuando apareció mi madre, no tuvo más remedio que olvidarse de los gatos. Pero los gatos estaban ahí: en la casa, en el techo, en los árboles, en el umbral de los sueños que siempre llevan a otra parte, conducen hacia otra historia. Los gatos son malos, decía la voz. El primer gato que tuve, oculto en mi habitación, salió disparado ante la furia de la escoba. No tuvo nombre.

El pasado es aire que acicala, tibio, claro. Y la tarde, Padre, no es niebla sino horizonte nítido. El instante se adelanta en acrobacias que se despilfarran. Míranos, saltando de un lado a otro. Finalmente, la vida es este trajín, ir y venir entre infancias. En el dolor abrazamos a nuestros gatos y los gatos nos reconfortan, una y otra vez nos salvan de la muerte. En aquella ocasión, recuerdo, abracé fuerte a Balthus; lo abracé como se abraza en el dolor. Una vez que volví de la angustia, la pesadilla que es la angustia, Balthus fue ventana, puerta. Una puerta lo bastante ancha para huir. Padre, tú lo recuerdas de manera perfecta. Ese mismo día, emprendí otro camino.

Piri tiene los ojos negros. Un negro fuerte, profundo. Ella, también, es negra. ¿La miras, Padre? ¿Logras distinguirla entre la niebla que lentamente te sumerge? Piri no maúlla. Su voz, porque la mirada también es voz, son sus ojos grandes; van de un lado a otro, dicen mil cosas. Estaba fría y asustada, alguien sin corazón la arrojó a la calle. Su silencio se volvió filoso. ¿Cómo entender, Padre, esa mirada, esa necesidad urgente de ojos que hablan desde el dolor? ¿Hasta que el llanto se derrama y el alma se quiebra? Tu límite, Piri, es el llanto. Después del hospital, dijeron, volverá a correr tras las lagartijas, a desaparecer las sombras, a escabullirse entre los libros. Nunca más sufras, Piri; que nunca el dolor se desboque sobre ti como un terreno peligroso.

Dibujo sobre el papel una casa. Tiene habitaciones, una cocina, un jardín. Es una casa con demasiados árboles; en la ciudad que es desierto, no olvido el nacimiento oscuro y vivo de las frondas. No basta con dibujar un gato. Dibujo tres. ¡Padre, ayúdame a ponerles nombre! En el pasillo, en el alféizar de la ventana estiran sus lomos. Pudiera cambiarles el color a los sillones, el color a las cortinas, el color a los objetos, pero la casa es perfecta. Cuando vuelvo del trabajo, tal vez un poco triste, un poco cansada, abro la puerta y vuelve la sonrisa como si se tratara de una media luna blanca en mitad del cielo. La felicidad es un ronroneo; se hunde en el aire, en la caricia sencilla de colas levantadas, flotando. ¿Padre, ves cómo es la felicidad? El tiempo avanza limpio, sin fondos, sin precipicios.

Mis ojos se cansan, los colores se van, el cielo mismo. ¿Es así, Padre, el inicio de la ceguera? No es hielo lo que cubre a las cosas sino la niebla estampada en el horizonte, sobre los árboles, sobre las avenidas, sobre los techos donde descubro a mis gatos. Padre, pídele a Freddy que nos cuente cómo, bajo su instinto, el cielo se descubre; cómo las luces persiguen el ciclo de los destinos. Pídele, en nombre de todos nuestros gatos y sus almas que reposan, nos cuente historias de acrobacias artificiales y se lleve el dolor fatal de Sasha. ¿Cómo son aquellos jardines crepusculares? ¿Cómo aquellas ciudades de parques de fondos azules, de firmamentos infinitos? Padre, pídele a Freddy que no permita que debajo de nuestros párpados se encierre la sombra, que nuestro esfuerzo no sea nulo.

Cada vez me alejo de la infancia o la infancia se aleja. Me canso de abrir y cerrar cajones donde los sueños se petrifican. Me vuelvo amarga. Sobre los pocos recuerdos cayó el olvido, cayó la fatalidad. Hubo playas, paseos, caminos por explorar, toboganes, albercas donde el tiempo fue una piel más blanca, arrugada. Hubo ciertas alegrías, ciertas sonrisas. Luego, con todo el peso cayó la fatalidad. Miro a mis gatos y pienso ¿qué tan difícil es alcanzar un balcón y otro, sus abismos despejados? En algún momento, Padre, tú lo sabes, dejé de perseguir el maullido de los gatos como si mis gatos, los más amados, fueran la muerte. Son fantasmas, dice la voz, y a los fantasmas se les ahuyenta con rezos y agua bendita. De niña recé mucho y todo fue en vano. El día blanco era negro. Si tuviera una hija, escondería las suturas; si tuviera un hijo, una sobrina, una nieta. Tengo una nieta. ¿Podré con ella improvisar otros territorios? ¿Podré hacer eso, Padre?

Los pies son otra orfandad, cuando los miro no los reconozco ni me reconocen. Aun así, más allá de sus cicatrices imborrables, los calzo con cierta delicadeza y dejo que Albi y Piri se recuesten sobre ellos. Son su ruta hacia la calle, los parques, las piedras en la superficie de otras palabras, su tono, su vibración. Las dejo que inventen ahí sus historias. ¿Por qué no llenar con esas voces la cama vacía? No se mueven, están pesadas. ¿Padre, cuánto pesará un gato? Tomasa siempre será delgada. ¿No te cansa tenerlas siempre ahí? Me levanto, el movimiento trae de nuevo la sangre, la distancia necesaria para acercarme al futuro. No, no enciendas la calefacción: las gatas están calientitas. ¿Entiendes ahora que mi camino empieza en el de ellas?

Nadia Contreras. (Quesería, Colima, 1976). Escritora, académica, tallerista y gestora cultural. Es fundadora y directora de Bitácora de vuelos ediciones, revista de literatura y sello editorial en formato físico y electrónico. En 2020 obtuvo la beca del Fondo Nacional para la Cultura y las Artes (FONCA) para proyectos digitales del programa «Contigo en la distancia». Becaria del PECDA Coahuila, en la categoría Creadores con trayectoria, género Poesía (2016-2017; 2021-2022) y galardonada con diversos premios estatales y nacionales. En 2014 el Congreso del estado de Colima le otorgó la presea Griselda Álvarez Ponce de León por su trayectoria en la literatura. Su obra ha sido traducida al inglés, portugués e italiano. Escribe para diferentes medios nacionales y extranjeros. Sus libros más recientes en el género de poesía son: *La niebla crece dentro del cuerpo* y *La luz es un efecto óptico*. Antología de poemas (2003-2022). Es Coordinadora de Literatura del Instituto Municipal de Cultura y Educación Torreón. Página personal: Incendio de imágenes (https://www.nadiacontreras.com.mx)

Los niños de los zapatos azules

Carlos Acosta

Éramos cinco los que siempre andábamos juntos: Pay, La Quina, Cali, Gerardo y yo. Despertábamos a los doce, trece años, como quien despierta a la feliz edad del hombre, a la mejor época del mundo. Reíamos como locos, nos divertíamos como enanos.

Fuimos aguerrida plaga en las banquetas de aquella ciudad recostada en las faldas, de la parte menos árida, de la Sierra Madre Oriental. Pay era trigueño y de pelo corto; Cali, bajito y broncudo; la Quina era el gordo del grupo, Gerardo siempre fue el más lúcido y empezaba a usar lo que ya en la pubertad sería su signo distintivo: el pelo largo. Yo era, como hasta hoy, flaco, pelo rizado y con un pequeño enjambre de pecas desperdigadas entre nariz y mejillas. Pero más allá de la singularidad de cada uno, había un rasgo común entre todos nosotros: Éramos pobres.

Vivíamos en un barrio ubicado cerca del centro de la ciudad –casas de adobe, cielo de lámina, calles sin banquetas– epicentro de nuestras correrías y madriguera a la cual regresábamos después de andar de jacaleros o haciendo travesuras ya no tan inocentes. Cuando el juego y la risa fueron nuestros mejores aliados.

Para nosotros la vida era un juego, así de fácil, y todo, sin excepción, nos causaba risa. A veces, ya muy tarde, inventando las primeras trasnochadas, nos sentábamos en el quicio de la puerta de mi casa y cada uno contaba sus sueños y mentiras.

¿Qué otra cosa puede contar un muchacho de doce años frente a cuatro animalillos coetáneos en una muy entrada noche y además sin luna?

Un domingo en que andábamos por las calles del centro, de pronto notamos la ausencia del Pay. Entre gritos y burlas fuimos a reclamarle su tardanza y descubrimos que se había quedado bobeando frente al aparador de una de las zapaterías más exclusivas y famosas de la ciudad. Órale, vámonos, el bobo y sus amigos, y cosas así, entre aventones y más risas, le decíamos. Pero Pay no parpadeaba. Entonces nos dimos cuenta que algo sucedía, o estaba por suceder. Y se hizo el silencio. Nuestro amigo miraba al aparador como poseído. Nos acercamos un poco más.

Allá, escondidos, como si el vendedor no quisiera que los compradores los descubrieran, estaban los causantes del azoro del Pay. Estaban en su caja blanca, ornados con papel de china rojo a su alrededor, nuevos, brillosos. Cuando cada uno de nosotros los fuimos encontrando con la mirada, empezamos, uno a uno, a entrar en ese estado casi de hipnosis que nos dejara sin habla. Ahí estaban, únicos, diciéndonos hola desde su nicho lejano, un par de zapatos azules.

Nadie dijo palabra, pero todos nos miramos entre sí. Desde hacía varios meses se había corrido el rumor en la escuela que tener unos zapatos azules era ser feliz, que eran la última moda, que usar zapatos azules significaba ser el centro de atracción para las chicas, que los zapatos azules eran... Y nosotros lo creíamos. La verdad es que en aquellos días creíamos casi todo lo que nos dijeran. Ninguno de nosotros, nunca, había visto zapatos como aquellos, pero aun así creíamos. Desde que el hombre es hombre ha creído en lo que no ve, qué más da.

Uno a uno, en fila india como acostumbrábamos, entramos a la tienda. Pocas veces, quizá ninguna, habíamos entrado en locales como ése. Ser pobre margina, ya se sabe, nosotros lo sabíamos. Pero aquella vez fue distinto. Gerardo iba al frente, luego Cali y después la Quina. Con un empujón en el hombro tuve que despertar al Pay para que siguiera la fila. Y al final entré yo. El vendedor de zapatos nos recibió con una mirada mezcla de extrañeza y desconfianza. Pero Gerardo siempre fue muy abusado, ya lo dije antes, y de algún modo, no me pregunten cómo, convenció a aquel hombre de que este grupo de notables estudiantes de secundaria, próximos a participar en una obra de teatro dirigida por la maestra de Literatura, la maestra María Elena, usted la conoce, necesitaban para su vestuario unos zapatos azules y como en el aparador había un par... etc. etc. Hasta el día de hoy no alcanzo a explicar cómo fue que el vendedor se dejó convencer. Un detalle: No olvidar que aquel día era domingo y nosotros andábamos, por esa razón, en nuestras mejores ropas. Quizás esto ayudó.

Cada uno, calzamos nuestro par de zapatos azules. La desconfianza del hombre, el menosprecio, parecieron ceder un tanto. Nuestras caras eran soles de noviembre. Y entonces sucedió: Antes de que el vendedor se diera cuenta, nos pusimos de pie y echamos a correr. Cruzamos el cristal del aparador sin romperlo. Uno a uno, en fila india como siempre, corrimos por la calle entre los autos y la gente. Cuando habíamos corrido media cuadra, Cali dio un brinco y cayó parado en lo alto de una barda. Los demás no tuvimos tiempo de asombrarnos. También brincamos y caímos a su lado. Luego seguimos corriendo por la barda, en total equilibrio, y de ahí pasamos al techo de una casa. La risa, otra vez la risa nos ganaba. No parábamos de reír. Las caras rojas del viento que las golpeaba. Y la risa, siempre la risa.

Allá, abajo, las muchachas de la escuela nos descubrían y ansiosas, gritando nuestros nombres, corrían tras de nosotros. No lo podíamos creer. La Quina señaló hacia la plaza y allá fuimos saltando por las azoteas. De ahí a los árboles, nos íbamos brincando sobre las copas de los árboles. Lo más difícil fue cuando había que pasar sobre los pinos, porque pisabas con los zapatos azules la punta de las más altas ramas y el pino se balanceaba y parecía que te caías, pero no, nunca. Luego anduvimos sobre las estatuas, las escuelas, los edificios de gobierno. Y allá en la calle las chicas persiguiéndonos. Y otra vez la risa. Entonces alguien dijo, quiero ir a la estación del tren. Y allá fuimos. Era la periferia de la ciudad, estaba todo en silencio. Había un tren estacionado, así que corrimos sobre los vagones y anduvimos un buen rato por los techos, saltando de vagón en vagón, hasta que estos empezaron a moverse en dirección del sur. La locomotora silbó alegre y el humo blanco anunció el adiós. El tren fue ganando poco a poco más y más velocidad. Antes de regresar a la zapatería, entre gritos ahogados por la risa, alcancé a pensar: En ese tren se va la niñez.

La mirada del vendedor volvió a endurecerse. ¿Quieren saber el precio?, golpeó a propósito con esas duras palabras nuestro silencio. Nosotros nos miramos. El Pay sonreía como nunca, como jamás he vuelto a ver que sonría persona alguna. La Quina y Cali, tristes, ya se desabrochaban los zapatos. Gerardo, otra vez, algo decía y explicaba al hombre de la áspera voz. Y yo sentía un hormigueo en el enjambre de pecas en las mejillas.

Nos quitamos los zapatos. Era un domingo sin sol, cómo olvidarlo. Caminamos de regreso a la madriguera, al barrio. Lo hicimos en fila india como siempre, y como nunca, sin decir palabra. Nadie, ninguna chica nos seguía. Rabia, rebeldía: bienvenidas sean a estos corazones. Ya en calle nuestra, todavía silenciosos, cada uno se fue a su casa. Vi los zapatos de mis amigos, los míos. No, no eran azules. Vi las casas de adobe con ventanas de madera y cielo de lámina, la calle apenas empedrada, sin banqueta; la esquina sin luz eléctrica, el viento y su polvareda. Luego miré la figura, la sombra, de cada uno de mis amigos: ya eran diferentes. Sus cabellos, sus ojos, su modo de andar, eran otros. Yo mismo me sentí distinto. Era verdad: en aquel tren se había ido nuestra niñez.

Carlos Acosta es originario de Antiguo Morelos, un pueblo ubicado en el sur del estado de Tamaulipas. A los diez años de edad emigró del pueblo a la ciudad capital y ahí fue en donde conoció a sus amigos, que a la postre se convertirían en "Los niños de los zapatos azules". Al convertirse en adulto se dedicó también a ejercer el oficio de escritor. Poemas, relatos y cuentos es lo que ha sembrado. Al escribir, es proclive a mirar mucho a su infancia, quizás porque ésta sigue viva en él hasta el día de hoy.

Índice

Marisol Vera Guerra nació cerca de la playa tamaulipeca, pero como creció en la sierra veracruzana, se llevó el mar en su nombre para no extrañarlo. De chiquita quería ser astronauta o gitana, pero cuando cumplió 13 años le prometió a su escritor favorito, Edgar Allan Poe, que se dedicaría a escribir igual que él. Y como es mujer de palabra, ya lleva publicados varios libros en México, Estados Unidos e Italia. Es licenciada en Psicología con Maestría en Ciencias de la Educación y la Comunicación. En 2010 desarrolló una investigación literaria sobre la Huasteca, becada y publicada por el Instituto Tamaulipeco para la Cultura y las Artes. Su proyecto *El cuerpo, el yo y la maternidad, poesía para desactivar patrones establecidos*, fue beneficiado por CONARTE para presentarse en Venecia en 2019 y publicado por la Universidad Autónoma de Nuevo León en 2022. Premio Internacional de Poesía Altino, Italia, 2020. Premio binacional de cuento Francisco Javier Estrada, Brownsville, 2023. Desde hace más de una década imparte talleres de escritura creativa y, cada vez que puede, intenta contagiar a los demás de su amor por los libros. Tiene dos hijas a las que les cuenta historias para que se dejen peinar, y un hijo al que le gustan los dinosaurios.

Ediciones Morgana es una editorial mexicana independiente fundada en 2014, inscrita al Padrón Nacional de Editores, que brinda servicios de edición literaria y realiza diversas actividades encaminadas a la creación y promoción de la literatura. Es miembro del colectivo LEA Independientes con sede en Monterrey, Nuevo León. Ha tenido presencia en ferias del libro como FIL Monterrey, UANLeer, FUL Tamaulipas y Feria del Libro de la Frontera; así como en eventos internacionales en Italia, Estados Unidos y Colombia.

La colección LATIKA Literatura para las infancias nace en 2023 con el fin de promover la literatura escrita por y para las infancias, porque creemos que el arte construye, sana y enriquece la inteligencia, en el reconocimiento de la imaginación como el más grandioso poder del que ha sido dotada la naturaleza humana.

Este volumen se terminó de editar en junio de 2023. Se usaron tipos Georgia 11 y 12, y Segoe Print 16. El cuidado de la edición estuvo a cargo de Ediciones Morgana.

Página de servicios: https://edicionesmorgana.wixsite.com/marisol
Revista de Literatura: https://edicionesmorgana.wixsite.com/morgana-revista-de-l
Tienda en línea: https://edicionesmorgana.wixsite.com/ediciones-morgana-m/services-1

  Ediciones Morgana México

Made in the USA
Columbia, SC
27 October 2023

24832036R00078